CARAMBAIA

13

Andreas Latzko

Homens em guerra

Tradução
Claudia Abeling

Apresentação
Stefan Zweig

Depoimento
Romain Rolland

Apresentação
Stefan Zweig

ANDREAS LATZKO

Não tínhamos ouvido falar muito dele antes da guerra; no máximo, conhecia-se seu nome como o de um hábil e vívido escritor; uma peça escrita por ele havia sido encenada um dia em algum palco, um romance de sua autoria tinha saído em algum lugar. De vista, lembrava-se do nome dele impresso no jornal ou de uma resenha. Mas não sabíamos nada de mais preciso sobre ele.

Veio, então, este livro: *Homens em guerra*; veio como uma libertação. Lembro-me, ainda hoje – e nunca me esquecerei –, da primeira vez que o li.

Foi na Áustria, país separado do mundo, e estávamos sentados, os punhos fechados, dentes cerrados. A palavra, nossa força, não era mais possível, e, como surdos-mudos, só podíamos nos comunicar por meio de sinais misteriosos; nós, os raros conscientes no meio da loucura funesta da multidão. E assim surgiu – como essas coisas surgem? –, assim surgiu de algum lugar o boato de que um livro acabava de ser publicado na Suíça, o livro de um oficial austríaco que finalmente falava a verdade. Soltamos um grito de alegria: a verdade, acorrentada, tinha rompido suas correntes, suplantou as cem barricadas da censura, foi ouvida no mundo inteiro! Esperamos pelo livro, o livro proibido que os guardas espreitavam vigilantemente nas fronteiras para que não viesse envenenar a mentira tão bem cuidada pelo grande entusiasmo; para que nenhum sopro de ar livre viesse animar nossa pesada atmosfera. E, finalmente, um amigo o trouxe, Deus sabe por qual contrabando! Eu vejo, ainda hoje, esse exemplar impossível de encontrar: a capa tinha sido arrancada e substituída por outra, absolutamente inofensiva; todas as páginas estavam gastas e rasgadas por terem passado por um monte de mãos apressadas e sedentas de leitura. E também me lembro de nós lendo-o: entusiasmados, com as bochechas ardentes como crianças que leem um livro proibido, e embriagados por um maravilhoso êxtase de fraternidade. Pois aquele era o grito reprimido de milhões de homens ao nosso redor, que jorrava como um jato de sangue de uma boca; era a verdade, que conhecíamos apenas envolta num torturante silêncio, finalmente descrita em palavras. Sabíamos que aqui, nossa inimiga, a guerra, estava crucificada. Quanto aos nossos generais, que percorriam nossas ruas de um lado para outro em seus automóveis com ar de senhores e respondiam apaticamente às saudações apavoradas e servis dos seus lacaios, sabíamos que, aqui, nossos generais tinham sido arrancados de seus uniformes cintilantes e colocados a nu diante dos olhares, em suas pequenas humanidades. E o que ainda se assemelhava, em nós, a um orgulho nacionalista nos jubilava: também tínhamos mandado para o mundo, para a humanidade panfraterna, um mensageiro da amargura e da raiva sagrada.

Este livro foi assim para nós; ainda não sabíamos o nome desse corajoso. Mas desde que o conhecemos, Andreas Latzko, tanto o homem, como o artista, passou a ser eternamente inesquecível. Nele, a força mais pura do poeta, a piedade – a compaixão pelos sofrimentos do outro –, tinha se tornado uma força tão elementar na amplitude monstruosa da miséria europeia que ela desvendava incontestavelmente cada destino e sabia abalar até a mais dura das cascas. Não era mais o homem que falava para o homem, mas a própria humanidade que soltava seu grito de horror. Diante do tribunal da História, introduziu-se um testemunho cuja voz incorruptível e pura contava o sofrimento dos seres; e, atrás dele, estavam de pé os milhões de vivos e os milhões de mortos que falavam através da sua voz. E essa voz não se cansava. Uma segunda vez, no seu *Friedensgericht* [tribunal de paz], ele repetiu a acusação, já com um tom mais calmo, mais objetivo, mais incisivo, mais dominador, mas com essa indestrutível amargura de quem viu a morte e a tortura dos homens. E, coisa estranha: enquanto o mais forte dos poderes que a Terra conheceu desde muito tempo ruiu, a palavra de acusação ainda vive, da mesma forma que os documentos sobrevivem aos príncipes, e os poetas, aos reinados. E essa palavra sempre renovará suas forças. Ela é mais viva do que nunca, hoje, quando a mentira heroica cresce tal como uma bola de neve entre as multidões humanas, enquanto as novas gerações caminham para o abismo onde a nossa foi esmagada e enterrada na noite em nome do sofrimento incomensurável.

Advogado do sofrimento, defensor da eterna liberdade do homem eterno, esse homem que resolveu um dia assumir esse papel não deve abdicar como os príncipes ou demitir-se como um ministro do acaso. Ele não pode voltar atrás e abaixar-se às pequenas intrigas da literatura, aviltar-se forjando pequenos contos para o deleite do público burguês; tudo o que ele escreve deve valer agora para toda a humanidade e para seu sentido mais profundo: sua unidade. Portanto, olhamos para Latzko com uma expectativa fraterna. Nosso reconhecimento e nossa confiança o elegem mensageiro do invisível parlamento da Europa-Una, advogado da necessária Fraternidade que se tornou o sentido e a meta das nossas vidas.

Salzburg, 1919

Texto publicado originalmente como prefácio da edição de *Le Dernier homme*, de Andreas Latzko (Genebra, Éditions du Sablier, 1920).

STEFAN ZWEIG (1881-1942), escritor austríaco, autor de *Brasil, um país do futuro*. No início dos anos 1930, deixou a Áustria fugindo da perseguição aos judeus na Europa. Na década seguinte, exilou-se com a esposa, Lotte, em Petrópolis (RJ). Ambos se suicidaram durante o Carnaval de 1942.

Ao amigo e inimigo

"Com certeza chegará o tempo em
que todos pensarão como eu."

A partida

Era o final do outono do segundo ano da guerra, no jardim do hospital de uma pequena cidade do interior da Áustria. Situada aos pés de colinas cobertas por florestas, como que escondida por trás de um biombo, ela ainda não perdera sua sonolenta índole pacífica.

As locomotivas apitavam dia e noite, os trens carregados seguiam até o front com soldados enfeitados, cantantes, pilhas de bolas de feno, gado de abate mugindo, sombrios vagões cuidadosamente fechados com munição; os outros se arrastavam lentamente para casa, marcados pela cruz ensanguentada que a guerra lançara sobre as paredes e os moradores. A grande sanha cruzava a cidadezinha sem conseguir afugentar sua calma, como se as casas baixas, de cores claras e fachadas com antigos ornamentos, tivessem chegado a um acordo silencioso para ignorar solenemente o intruso exigente e barulhento que virava tudo de ponta-cabeça.

Nos parques, crianças brincavam, sem serem importunadas, com as grandes folhas vermelho-ferrugem das velhas castanheiras; mulheres conversavam em pé na porta das lojas; em algum lugar de cada ruazinha, uma garota de lenço colorido na cabeça limpava um vidro de janela. Apesar das bandeiras de hospital que se agitavam na frente de quase todas as casas, apesar das muitas placas, inscrições e orientações de percurso que o invasor fixara no semblante da cidadezinha indefesa, a paz permanecia – mesmo a 50 quilômetros de distância do combate, cujo brilho tremeluzia no horizonte como fogo cênico em noites claras. Quando, por instantes, cessava o fluxo dos barulhentos veículos pesados, nenhum trem estremecia a ponte férrea e, por acaso, nenhum toque de trompete nem estalido de sabre musicavam a guerra, a cidadezinha rapidamente apresentava seu rosto bondoso-entediante de interior para, em seguida, se esconder, resignada, atrás da mal-ajambrada máscara de soldado diante da próxima viatura de general a dobrar a esquina com uma pressa arrogante.

Decerto que, ao longe, os canhões espocavam como se fossem enormes cães de tocaia embaixo da terra, prontos para o salto, rosnando para o céu. O latido surdo dos grandes morteiros chegava de lá como a tosse pesada da sala de enfermos, assustando os despertos que, com os olhos vermelhos de choro, escutam atentamente o moribundo. As longas sequências de casas baixas também estremeciam, ruidosas, e ouviam assustadas essa tosse convulsionar tantas vezes o solo como se a angústia da guerra estivesse pousada no peito do mundo feito pesadelo. Assustadas, as ruas encaravam umas as outras, piscando sonolentas no reflexo das pequenas lâmpadas noturnas, que projetavam dançantes sombras animadas sobre os corredores estreitos entre as camas. Os quartos abarrotados de aflição lançavam para a noite gritos agudos, choramingos, gemidos.

Cada som humano que saía pelas janelas abertas era como um ataque furioso ao silêncio, acusação selvagem contra a guerra que, lá adiante, fazia seu trabalho, deixando para trás, como lixo, corpos humanos dilacerados, enchendo todas as casas com sua imundície sangrenta.

Mas as belas fontes de ferro fundido continuavam gorgolejando serenas, palrando com uma resistência tranquilizadora sobre os dias de sua juventude, quando os homens ainda tinham tempo e cuidado para com linhas de curvas nobres, e a guerra era assunto de príncipes e aventureiros. De cada ornato e de cada esquina fluía o conto de fadas, caminhando com passos leves por todas as vielas, sussurrando sobre paz e conforto como uma mexeriqueira, e as velhas castanheiras aquiesciam, afagavam com as sombras de seus dedos abertos as fachadas assustadiças para acalmá-las. O passado vicejava tão perto pelas frinchas dos muros que todos que entravam em seu círculo não escutavam o trovejar dos canhões, mas o ruído das fontes; de seus leitos febris os doentes e feridos, serenados, ouviam a noite animada; homens macilentos, carregados em padiolas balangantes pela cidadezinha, esqueciam-se do inferno de onde vinham; e mesmo as vítimas com muitas bagagens que passavam estrondeantes na célere marcha noturna diminuíam o passo, como se tivessem topado com a paz e com seu próprio eu desarmado, à sombra dos pilares e marquises floridas.

Acontecia com a guerra o mesmo que com o rio, que vinha do norte com furiosa pressa, espumando de raiva sobre cada pedrinha do seu caminho – e que, do outro lado da cidade, junto às últimas casinholas, despedia-se suave e enlevado, todo manso, chapinhando baixo, como que na ponta dos pés, adormecido pelo devaneio que refletia. Largo, ele cruzava os campos e fazia uma curva pelo hospital da guarnição que ficava à sombra de plátanos de troncos gordos, como numa ilha. O murmúrio do curso indolente misturava-se de três lados ao farfalhar das folhas, como se o jardim regesse, à noitinha, compassivo, uma canção de ninar para os feridos que sofriam em formação de tropa, regulamentados até a chegada da morte, até o túmulo, no qual eles – sapateiros, funileiros, camponeses e amanuenses caídos – eram enterrados sob salvas de armas ferozes.

O toque de recolher acabara de silenciar; durante a ronda, os vigias descobriram três atrasados à sombra da grande alameda e os mandaram para casa.

– Talvez vocês sejam oficiais, certo? – grunhiu, gaiato, o comandante, um parrudo oficial da reserva de têmporas grisalhas. – A tropa tem de estar na cama às nove!

E, apenas para garantir sua honra, ele acrescentou com uma acidez mal fingida a ameaça:

– Vamos! É para hoje ou não?

Ele quase proferiu a ameaça habitual nesses casos, a de "fazer nascer pernas"; mas, no último instante, conseguiu engolir a frase e fez cara de quem tinha se engasgado. Pois os três, que foram manquitolando em direção ao portão da unidade, certamente não teriam nada contra nascerem outras pernas. Foram se arrastando, a três, juntos somando dois pés e seis muletas crepitantes. Como se mãos de maestros, preocupadas com a simetria, tivessem organizado a cena, à direita vinha um ao qual restara apenas a perna direita, à esquerda seu oposto, saltando com o pé esquerdo; e no meio balançava, entre duas muletas altas, o coto lamentável de um corpo humano, as pernas vazias da calça sobre as costas, presas no peito; o homem inteiro caberia num berço de tão pequeno.

De cabeça pensa e punhos cerrados, o oficial acompanhou o grupo com o olhar, como que oprimido pelo peso da visão, rosnou um impropério que não soava exatamente patriótico e cuspiu um largo arco entre os dentes da frente. Ao se virar para partir, uma risadaria chegou ao seu ouvido vinda do outro lado do jardim, da direção da ala dos oficiais. Petrificado, ele encolheu a cabeça como se tivesse sido golpeado no pescoço e, sobre seu rosto largo, bonachão, de camponês, faiscou um ódio incontrolável. Ele cuspiu mais uma vez para se acalmar, tomou impulso e passou pelo animado grupo com uma saudação rígida.

Os senhores agradeceram de maneira descontraída. Estavam sentados – contaminados pelo refrigério que levitava sobre a cidade feito uma nuvem –, conversando animadamente sobre a guerra, sobre quatro bancos que formavam um quadrado diante da casa e... riam, como estudantes divertidos que gracejam felizes sobre os temores de provas já superadas. Cada um tinha cumprido sua tarefa, recebido sua parte e, com a proteção de seu ferimento, aguardava confortavelmente as férias em casa, os reencontros, as festas e ao menos duas semanas inteiras como pessoas não numeradas.

O jovem tenente, que eles chamavam de "muçulmano" devido a seu barrete maometano de oficial de um regimento bósnio, era o que ria mais alto. Sua perna esquerda, bastante machucada por uma carga que explodira ao se soltar da cartucheira, estava havia semanas imobilizada em um rígido invólucro de gesso, cuidadosamente protegido por seu proprietário, que, apoiado em muletas, carregava-o como um objeto estranho, de valor, que fora confiado a ele.

Dois homens sentavam-se no banco à frente do muçulmano: um oficial da cavalaria – o único na ativa do grupo –, golpeado no braço direito, e um oficial da artilharia, professor de filosofia na vida civil, por essa razão chamado apenas de "filósofo", com o lábio agora leporino por causa de um estilhaço de granada, mas já em vias de cicatrização.

Sozinhos, esses três mantinham, juntamente com as duas senhoras no banco junto ao muro, a conversação, pois o quarto, um tenente da reserva calvo, conhecido compositor de óperas na vida civil, sentava-se sozinho no seu banco, perdido em pensamentos, sem tomar parte na conversa, os membros a tremer e olhos sem descanso. Ele chegara havia apenas uma semana com uma severa crise nervosa nascida na batalha de Doberdò. O horror ainda morava nos seus olhos. Ensimesmado e sombrio, ele não oferecia nenhuma resistência a nada, ia para a cama ou sentava no jardim, separado dos outros por uma parede invisível, a qual encarava. Mesmo a chegada inesperada de sua linda mulher loira não conseguiu espantar, por um momento que fosse, a visão dos eventos cruéis que sacudiram seu equilíbrio. Com o queixo encostado no peito, ele ouvia as sussurradas palavras carinhosas da mulher sem um sorriso, esquivava-se para o lado, como se tomado por uma convulsão, todas as vezes que ela – com um amor infinito na ponta dos dedos – procurava, medrosa, um contato com suas pobres mãos trêmulas.

Pesadas lágrimas rolavam sobre o rosto sedento de carinho da pequena mulher, que tão corajosamente atravessara todas as zonas interditadas até chegar ao hospital na área de guerra – e agora, após a alegria libertadora: ao encontrar o marido vivo, inteiro, ela sentia subitamente uma resistência enigmática, um último obstáculo inesperado, que não podia afastar com súplicas, com choro, e que a separava de maneira inclemente de seu desejo. Ela estava sentada ao seu lado num torturante desespero, quebrando a cabeça, sem encontrar uma explicação para a hostilidade que ele irradiava. Os olhos dela perfuravam a escuridão, suas mãos faziam sempre o mesmo percurso, tateando tímidas a frente, para se retrair, como que chamuscadas, quando a repulsa malévola a lançava em novo desespero.

Era difícil ter de engolir assim a dor, não conseguir arrancar, com um grito cheio de reprimenda, o segredo que o marido mantinha tão teimosamente entre si mesmo e seu único apoio. Também era duro participar da conversa ligeira com uma alegria fingida pelo "feliz" reencontro. Ter de dar apartes constantes e não perder a paciência com as eternas risadinhas da outra. Essa, sim, estava com a vida fácil! Sabia que o marido estava protegido em um alto posto atrás do front e tinha fugido da monotonia de seu lar sem filhos para a animada vida do hospital. Desde as sete, ela estava pronta para partir, com chapéu e sobretudo, mas sempre se deixava convencer a ficar e flertava brejeira, como se não soubesse mais nada sobre todas as torturas que vira durante o dia na edificação em que agora apoiava as costas. A pequena mulher tristonha ficou aliviada quando a escuridão fechou totalmente e ela pôde se afastar da fofoqueira frívola sem ser notada.

Mesmo assim, a esposa do major, apesar do riso provocativo, do ar de importância que empregava para falar de suas "obrigações de enfermeira", estava impregnada – sem saber – por um sentimento que a arrebatava. A grande onda de cuidados maternais que abarcava todas as mulheres quando a hora fatal soava para os homens também a alcançara. Ela vira os três homens, em cujo círculo agora ela confortavelmente trocava amenidades, banhados em sangue, desajeitados, gemendo de dor – como milhares de outros. E sua faceirice era nutrida por um pouco da alegria da galinha que vê os pintinhos crescendo. Desde que os homens passaram a gestar a própria morte, mês após mês, acocorados, rastejantes, famélicos, assim como mulheres gestam seus filhos, desde que suportar e esperar, conformar-se passivamente com o perigo e a dor, trocou de gênero, as mulheres sentiam-se fortes e, mesmo em sua sensualidade, distinguia-se algum brilho da nova paixão pelos cuidados maternais.

A triste mulher loira, que acabara de chegar de uma região na qual a guerra existia apenas nas conversas, totalmente focada no marido, padecia com a familiaridade que não fazia distinção entre os sexos e que se espalhava à sombra da morte e do sofrimento no jardim do hospital, cada vez mais envolvido pela escuridão. Os outros, porém, estavam em casa na guerra, falavam sua língua, mistura de obstinada vontade de viver e de uma paradoxal suavidade dos homens, nascida do excesso de brutalidade e de uma frieza curiosa, falante, das mulheres, tão acostumadas a ouvir falar de sangue e morte que sua eterna curiosidade soava como dureza e crueldade histérica.

O muçulmano e o oficial da cavalaria atazanavam o filósofo, faziam troça dos vernaculistas, dos cismadores e de outros desperdiçadores de tempo e se alegravam como crianças pelo seu enorme constrangimento em relação à esposa do major, que, por decoro feminino, oferecia apoio à bonomia indefesa do filósofo, enquanto os olhos dela brilhavam cheios de apaixonante doçura para os outros, que levavam as mãos de maneira desajeitada à boca.

– Deixem o pobre velho homem em paz – ela o defendeu com uma risada gorgolejante –, ele tem razão. A guerra é medonha. Os dois estão apenas fazendo troça do senhor! – ela piscou, tranquilizando-o.

O filósofo sorriu fleumático e ficou em silêncio. Rangendo baixinho os dentes, o muçulmano ajeitou melhor a perna no banco, que, com seu brilho branco, era a única coisa dele que permanecia visível no escuro. Ele riu:

– O filósofo? Sim, o que o filósofo sabe sobre a guerra, senhora? Ele é da artilharia! Apenas a infantaria faz a guerra. Será que a senhora sabe...

– Aqui me chamo "enfermeira Engelberta" – ela atalhou, e seu rosto quase ficou sério por um instante.

– Perdão, enfermeira Engelberta! Artilharia e infantaria são como homem e mulher. Nós, da infantaria, temos de parir a criança, caso seja preciso nascer uma vitória. A artilharia fica apenas com a diversão, como o homem no amor; anda cheio de orgulho quando a criança foi batizada. Não tenho razão, cavaleiro? Agora o senhor também é um cavaleiro a pé.

O oficial da cavalaria concordou com um resmungo. De acordo com sua opinião lacônica, políticos que não liberavam dinheiro suficiente para o Exército, socialistas e pacifistas – resumindo: todos os que proferiam, escreviam ou ensinavam palavras supérfluas e viviam "de serem inteligentes" – deveriam estar na mesma categoria de "ratos de biblioteca", como o filósofo.

– Sim, sim – ele disse com sua voz tonitruante –, um filósofo desses serve muito bem para a artilharia. Ficar no alto da montanha, esperando, e mais nada. Sorte de eles não atirarem nos nossos próprios homens. Com os italianos na nossa frente, sempre foi fácil; mas, com vocês às nossas costas, assassinos traiçoeiros, tenho um respeito dos diabos. Mas vamos parar de falar de guerra, senão vou me deitar. Finalmente, estamos na companhia de duas senhoras encantadoras e vocês não param de falar do maldito tiroteio. Deus do céu, quando a primeira moça loira entrou no trem-hospital com uma toquinha branca no cabelo cacheado, minha vontade era de pegar sua mão e ficar o tempo todo olhando para ela. Palavra de honra, senhora: esse pouquinho de tiro ao alvo logo se transforma num tédio; os piolhos, as pulgas, os percevejos são um porre, mas o pior é a falta absoluta da delicada feminilidade. Não ver outra coisa senão homens durante cinco meses – e depois voltar a ouvir uma vozinha suave, amorosa, de mulher!... É o melhor! Entrar na guerra vale por isso.

O rosto animado, radiante de juventude, do muçulmano transformou-se numa careta.

– O melhor? Para ser sincero, não sei, senhor... Tomar banho, deitar-se numa cama branca, com o curativo trocado, sabendo que haverá sossego por algumas semanas... Essa é uma sensação como... Não há comparação. Mas tornar a ver as mulheres também é muito bom.

O filósofo tinha inclinado sua cabeça epicurista redonda, carnuda, sobre o ombro; seus olhos pequenos, astutos, brilhavam úmidos. Ele olhava para uma mancha branca, que a escuridão quase palpável fazia supor ser o vestido branco da esposa do major, e começou a contar lentamente, com a voz baixa e cantante:

– O melhor, creio, é o silêncio. Quando se esteve lá no alto das montanhas, onde cada tiro vai e volta cinco vezes, e depois, de repente, tudo fica em silêncio, nada de silvos, nada de gemidos, nada de estrondos, nada além de um silêncio maravilhoso, o qual é possível ouvir como uma peça musical... Passei as primeiras noites em vigília, sentado, apurando os ouvidos para esse silêncio, como se fosse uma melodia que queremos escutar à distância. Creio que até chorei um pouco, tão belo foi ouvir que não se ouvia mais nada!

O oficial da cavalaria lançou seu cigarro para longe, fazendo com que este atravessasse a noite como um cometa lançando faíscas, e bateu nas coxas.

– Ora, então – ele falou com desdém –, a senhora entendeu? "Ouvir que não se ouvia mais nada." A isso chamam de filosofia. Mas eu conheço coisa ainda melhor! Não ouvir o que se ouve. Principalmente quando se trata de uma bobagem filosófica.

O grupo riu – e o desdenhado riu também, benevolente. Ele também estava embebido pela paz que a cidade sonolenta soprava naquele jardim outonal. E as piadas agressivas do cavaleiro ricocheteavam nele como tudo o que poderia diminuir a doçura dos poucos dias que o separavam da volta ao front. Ele queria aproveitar seu tempo, lentamente, de olhos fechados: como criança que precisa entrar no quarto escuro.

A esposa do major curvou-se para a frente:

– As opiniões divergem sobre o que é o melhor – ela disse, e sua respiração se acelerou –, mas o que foi o mais terrível que os senhores vivenciaram lá fora? Muitos dizem o fogo de barragem; outros não conseguem superar o primeiro que viram morrer. E o senhor?

O filósofo, a quem a pergunta fora dirigida, tinha uma expressão torturada. O tema não combinava de maneira alguma com seus planos. Ele ainda estava à procura de uma resposta evasiva quando um grito incompreensível, agonizante, atraiu todos os olhares para o canto onde estavam o tenente e sua mulher. Os dois, que quase tinham sido esquecidos na escuridão, trocavam olhares assustados quando o homem cambaleante com os olhos cegos e voz desconhecida, uma marionete de membros quebrados, começou a falar rapidamente num falsete esganiçado:

– Terrível? Terrível é apenas a partida – ele disse. – Vamos embora... e temos a permissão de ir embora, isso é terrível.

Um frio silêncio sufocante seguiu-se às suas palavras; até o eterno rosto alegre do muçulmano enrijeceu num desconfortável constrangimento. A coisa veio de uma maneira tão inesperada, soou tão incompreensível e tinha – talvez pela vibração da voz do peito trêmulo ou do acento gorgolejante que parecia um soluçar ampliado – agarrado todas as gargantas e acelerado os pulsos.

A esposa do major ergueu-se num salto. Ela vira o homem chegar, amarrado numa padiola, porque seu choro sacudia-o tanto que os padioleiros não conseguiam controlá-lo de outro modo. Algo indizivelmente terrível – falava-se

– tinha levado o pobre-diabo a perder a razão, e a esposa do major foi tomada pelo medo de um acesso de loucura. Ela apertou o braço do cavaleiro e falou à outra mulher com uma pressa fingida:

– Pelo amor de Deus! Estão anunciando o último trem! Rápido, rápido, temos de correr.

Todos se levantaram; a esposa do major ficou de braços dados com a infeliz mulher miúda e insistia, cada vez mais ansiosa:

– Se perdermos o elétrico, precisaremos andar uma hora a pé até a cidade.

Confusa, com o corpo inteiro tremendo, a mulher se curvou mais uma vez diante do marido para se despedir. Ela sabia exatamente que esse grito de indignação lhe era dirigido; que continha uma reprimenda furiosa, que ela não compreendia. Sentiu o marido tenso com o toque de seus lábios e, ao pensar na noite sem fim no desleixado e frio quarto de hotel, sozinha com essa dúvida torturante, desabou no choro. Mas a esposa do major puxou-a consigo e foi somente quando passaram pelos vigias do portão, já na rua, que ela a soltou.

Os homens as acompanharam com o olhar, viram as silhuetas reaparecer mais uma vez sob a luz da lamparina da rua, escutaram o barulho do trem. O muçulmano pegou suas muletas, deu uma piscada cheia de sentido para o filósofo e falou, bocejando, sobre se recolher. O cavaleiro olhou curioso para o doente, sentiu compaixão e queria fazer uma alegria para o pobre-diabo. Bateu no seu ombro e disse sem nenhuma cerimônia:

– É preciso dizer: você tem uma mulher garbosa. Meus parabéns!

No instante seguinte, ele levou um susto. O fiapo humano sobre o banco levantou-se num salto, como que impelido por uma força subitamente despertada.

– Mulher garbosa? Sim, sim. Mulher cínica – seus lábios espumaram com um ódio que cozinhava as palavras. – Não desperdiçou nenhuma lágrima quando embarquei no trem. Estavam todas cínicas quando fomos embora. A mulher do pobre Dill também. Muito cínica! Jogou rosas para ele dentro do trem e era sua mulher havia apenas dois meses. – Ele deu uma risadinha desdenhosa e cerrou os punhos, lutando bravamente contra as lágrimas que ardiam na sua garganta. – Rosas, ha-ha-ha, e "adeus". Elas eram tão patriotas. Nosso comandante parabenizou Dill pela postura firme da mulher na hora da despedida. Tão firme como se estivéssemos partindo para uma manobra.

Cambaleando, com as pernas bem abertas, o tenente estava agora em pé, apoiado no braço do cavaleiro, encarando-o cheio de expectativa com seus olhos inquietos.

– Você sabe o que aconteceu com ele, com o Dill? Fui testemunha. Você sabe?

Desnorteado, o cavaleiro olhou para o outro.

– Vamos dormir. Não fique nervoso! – ele balbuciou, constrangido.

O doente interrompeu-o com um discurso triunfal, com uma voz estridente e que não era natural:

– Não sabe o que aconteceu com ele, com o Dill? Não sabe? Estávamos em pé como agora e ele queria me mostrar a nova fotografia que a mulher tinha lhe mandado. Sua corajosa mulher, ha-ha-ha, sua mulher firme. Pois firmes estavam todas. Preparadas para tudo! E estamos parados assim e um tiro de canhão foi lançado bem longe de nós, uns duzentos passos, e nem nos preocupamos em olhar. De repente, vejo uma coisa preta sair voando e o Dill tombou com a fotografia da mulher na mão... e uma bota e uma perna aparecem metidas na sua cabeça, uma bota com a perna de um soldado do trem de suprimentos que o canhão tinha estraçalhado, muito longe de nós.

Ele ficou em silêncio por um instante, olhando triunfante para o cavaleiro. Em seguida, continuou falando com um orgulho maldoso na voz, parando de vez em quando ao ser interrompido por um estranho gemido.

– Com uma espora na cabeça, uma verdadeira espora da cavalaria, do tamanho de uma moeda de cinco coroas, o pobre Dill não disse mais nada. Apenas revirou os olhos, olhou triste para a fotografia da mulher por ela ter permitido algo assim... Que coisa!... Que coisa, meu caro!... Tivemos de arrancar a bota, em quatro – em quatro! Tivemos de ficar girando para lá e para cá, sabe? Até que um pedaço do seu cérebro saiu junto... como raízes arrancadas... como um polvo cinza, morto, sobre a espora...

– Chega! – gritou com raiva o cavaleiro, que entrou na casa distribuindo impropérios. Os outros ficaram olhando para ele, com vontade de segui-lo. Mas não podiam deixar o infeliz sozinho. Quando o cavaleiro puxou o braço que o apoiava, ele caiu sobre o banco, exausto, e ficou sentado choramingando igual a uma criança que levara uma surra, com a cabeça no encosto. Apenas quando o filósofo tocou de leve seu ombro, tentando fazê-lo sair de lá, ele se empertigou novamente e soltou um riso feio, quase um latido.

– Mas nós arrancamos a mulher cínica de dentro dele. Em quatro, puxamos até ela sair. Eu o libertei! Fora, ela saiu. Todas foram embora. A minha também foi embora; ela também foi arrancada. Não existe mulher nenhuma! Nenhuma mulher, nenhuma...

Sua cabeça tombou para a frente; as lágrimas começaram a rolar lentamente sobre o rosto tristíssimo.

Por trás dele, o cavaleiro voltou seguido pelo médico baixinho que estava de plantão à noite.

– O senhor tem de ir se deitar agora, tenente – o doutor falou com uma severidade forçada.

O doente jogou a cabeça para trás, encarando o rosto desconhecido sem entender. Quando o médico repetiu a frase em um tom de voz mais alto, seus olhos brilharam de súbito e ele concordou.

– Tenho de ir, claro! – repetiu, zeloso, suspirando fundo. – Todos temos de ir. Quem não vai é covarde, e ninguém quer um covarde. É isso! Você não entende? Agora, os heróis são modernos. A cínica senhora Dill queria um herói para seu novo chapéu, ha-ha-ha. Por isso, o pobre Dill teve de perder seu cérebro. Eu também... você também! Tem de se encaminhar à morte, tem de deixar que o pisoteiem, pisoteiem o cérebro! E as mulheres ficam olhando – cínicas – porque agora é moda.

Com esforço, ele havia empertigado o corpo machucado contra o encosto. E encarava todos os que estavam em volta, aguardando a concordância.

– Isso não é triste? – ele perguntou, baixinho. Em seguida, com a voz subitamente indignada, novamente, tomado por raiva, seu grito ecoou de maneira terrível pelo jardim: – Isso não é traição? Não é traição? Fui assassino? Arruaceiro? Não toquei bem o piano? Temos de ser suaves e atenciosos! Sensíveis! E, de repente, porque a moda mudou, elas querem assassinos. Você entende isso?

Soltando-se do médico, ele cambaleava novamente e sua voz diminuía pouco a pouco até chegar a um lamento que, pela garganta fechada, se parecia com o balbucio de um bêbado.

– A minha também era cínica, claro. Nada de lágrimas! Fiquei esperando, esperando, até que começasse a gritar, até que finalmente fosse me pedir para descer novamente, não partir, ser covarde para ela! Mas elas não tiveram a coragem – nenhuma delas teve essa coragem. Só quiseram ser cínicas. A minha também! A minha também! Acenou com o lenço, como as outras.

Seus braços trêmulos se ergueram, como se ele quisesse chamar o céu como testemunha.

– Você quer saber o que foi o mais terrível? – ele deu um gemido baixo, dirigindo-se para o filósofo. – A decepção foi o mais terrível, foi partir. Não a guerra. A guerra é como tem de ser. Você ficou surpreso por ela ser terrível? Só a partida foi uma surpresa. A surpresa foi as mulheres serem cruéis. Elas podem sorrir e jogar rosas; podem abrir mão de seus maridos, de seus filhos, de seus meninos, que elas colocaram mil vezes para dormir, que cobriram mil vezes, que ninaram, que nasceram delas – essa foi a surpresa! Elas abriram mão de nós – nos mandaram embora, embora! Porque todas teriam ficado constrangidas em não ter um herói; essa foi a maior decepção, meu caro. Ou será que você acha que teríamos partido caso elas não tivessem nos mandado embora? Acha? Pergunte ao jovem camponês mais tosco por que ele quer ganhar uma medalha antes de sair de férias. Porque sua namorada vai gostar mais dele, porque as mulheres vão correr atrás dele, porque, com a medalha, ele vai poder roubar as mulheres dos outros; por isso, só por isso. As mulheres nos mandaram embora! Nenhum general poderia ter feito nada se as mulheres não tivessem nos deixado nos enfiar dentro dos trens, se tivessem gritado que não olhariam mais para nós caso nos tornássemos assassinos. Ninguém teria partido se elas tivessem jurado que não se deitariam com um homem que estourou crânios, atirou em gente, apunhalou gente. Ninguém, estou dizendo! Eu também não quis acreditar que elas podiam ser assim. Estão apenas fingindo, pensei; no primeiro apito, vão gritar, nos arrancar do trem, nos salvar. Elas podiam nos ter protegido por *uma vez*, mas quiseram apenas estar na moda! Em todo o mundo, queriam apenas estar na moda.

Ele sentara-se novamente no banco, como que destroçado. Seu corpo era sacudido por um choro doído, a cabeça rolava melancólica de um lado para o outro sobre o peito arfante.

Um círculo se formara ao seu redor. O velho oficial da reserva também estava lá, ao lado do médico e quatro guardas, prontos para entrar em ação a qualquer instante. Todas as janelas tinham sido abertas na ala dos oficiais, figuras parcamente vestidas curvavam-se para fora e olhavam curiosas para o jardim.

O doente observou os rostos estranhos, indiferentes, com medo. Ele estava exausto; a garganta rouca não emitia mais sons. Sua mão buscou ajuda na do filósofo, que estava ao seu lado, arrasado.

O médico achou que o momento certo tinha chegado.

– Venha, tenente, vamos dormir – ele falou com uma apatetada calma forçada. – As mulheres são assim. Não dá para fazer nada.

Ele queria continuar falando, levando o doente, sem perceber, para dentro da casa. Mas o susto fez a frase seguinte entalar na sua garganta. O esqueleto sem forças, cambaleante, que havia pouco ainda tinha permitido que o filósofo o erguesse como se tivesse desfalecido, deu um salto, abriu os braços empurrando os dois que queriam ampará-lo ao círculo dos espectadores. Abaixou-se feito um carregador com uma carga pesada às costas e, assim agachado, com as veias saltadas, ele repetiu, espumando de raiva, as palavras do doutor.

– Elas são assim?... São assim? Desde quando, hein? Você nunca ouviu falar das sufragistas que esbofetearam os ministros, queimaram museus, foram acorrentadas em postes de iluminação para terem o direito de votar? Para o direito de votar, ouviu? E por seus maridos? Nem uma palavra, nem um grito!

Ele ficou em silêncio por um instante, recuperando o fôlego, inundado por um desespero selvagem, sufocante.

Depois se empertigou de novo e gritou, lutando bravamente contra o choro que não parava de fazê-lo golfar, como um animal acuado, na maior das aflições:

– Você ouviu falar de uma mulher que se jogou diante do trem pelo seu marido? Alguma esbofeteou ministros por nós, se amarrou nos trilhos? Não foi preciso tirar à força nenhuma delas. Nenhuma delas lutou, nenhuma nos defendeu. Em todo o mundo, nenhuma se mexeu. Elas nos enxotaram! Calaram nossa boca! A nós deram a espora, como ao velho Dill. Elas nos mandaram matar, morrer, para servir à sua vaidade. Você quer protegê-las? Elas têm de ser arrancadas! Arrancadas feito mato, com as raízes! É preciso arrancá-las em quatro, como no caso do velho Dill. Em quatro e elas saem. Você é meu médico? Então! Tire-a da minha cabeça! Não quero mulher. Veja... arranque-a...

Com um impulso, seu punho fechado bateu feito um martelo contra a própria cabeça, seus dedos retesados agarraram o pouco de cabelo da nuca, até que ele, berrando de dor, segurou no ar um tufo arrancado.

No minuto seguinte, depois de um sinal do médico, os quatro guardas já estavam sobre ele, ofegantes. Ele gritou, rangeu os dentes, debateu-se, soltou-se aos chutes, afastou-os sacudindo-se feito cachorro molhado. O velho oficial e o doutor também tiveram de intervir; só então lhes foi possível carregá-lo até a casa.

O jardim se esvaziou rapidamente atrás dele. Por último, o muçulmano vinha saltando, ladeado pelo filósofo, até a entrada. Ele parou diante do portal e, à luz da lamparina, olhou para sua perna engessada pendurada inerte entre as muletas.

– Sabe, filósofo, nessas horas eu prefiro meu jarrete. A pior coisa que pode acontecer é ficar maluco como esse pobre-diabo. Melhor, então, cortar logo a cabeça. Ou será que você acha que ele ainda pode ficar bom?

O filósofo não respondeu. Seu rosto redondo, bondoso, estava cinza; seus olhos nadavam em lágrimas. Ele deu de ombros e ajudou o outro na escada, sem dizer palavra. Quando chegaram ao corredor, escutaram portas batendo e um último grito abafado em algum lugar longínquo da casa.

Depois houve silêncio. As janelas na ala dos oficiais foram se fechando na sequência e logo o jardim se parecia com uma ilha negra, felpuda, moldado ao rio, que, encapelado, corria em silêncio. Um pé de vento trazia do oeste, vez ou outra, a tosse dos tiros como um eco distante.

Os pedregulhos estalaram mais uma vez quando a patrulha atravessou o jardim marchando para o prédio da sentinela. Um soldado xingou baixinho e cutucou sua camisa rasgada. Os outros respiravam pesadamente, limpando com as costas das mãos o suor da testa vermelha. Atrás deles vinha o velho oficial da reserva com o cachimbo no canto da boca e a cabeça baixa. Quando ele entrou na alameda principal, uma chama clara se acendeu no céu e um tremor prolongado, que por fim se escondeu na terra com um rosnado, fez todas as janelas tilintarem.

O velho parou. Ficou prestando atenção até o barulho cessar, ergueu o punho cerrado de maneira ameaçadora, cuspiu longe por entre os dentes e reclamou com um nojo que vinha da profundeza da alma:

– Merda!

Batismo de fogo

A companhia descansara na beira da floresta por meia hora; em seguida, o capitão Marschner ordenou a partida. Apesar do calor mortal, ele estava totalmente pálido e olhou para o lado enquanto instruía o tenente Weixler para fazer com que todos, sem exceção, estivessem prontos para a marcha em dez minutos.

Na verdade, ele havia surpreendido a si mesmo com essa ordem. Pois, desde aquele instante, ele sabia, não cabiam mais adiamentos! Ao deixar a tropa com Weixler, tudo dava certo; as pessoas tremiam diante desse jovem de apenas uns 20 anos como se ele fosse a personificação do diabo. E, às vezes, o capitão também achava que essa figura comprida, angulosa, tivesse realmente algo de tenebroso. Esses olhos pequenos, penetrantes, nunca soltavam uma única faísca de calor; sempre refletiam uma inquietação, sempre brilhavam como se estivessem febris. Nada era jovem no homem como um todo, exceto o pequeno bigode ralo sobre os lábios apertados, que só descongelavam para exigir, com maliciosa severidade, o castigo de um soldado. Havia quase um ano que o capitão Marschner o tinha a seu lado e nunca ouvira sua risada; também não sabia nada a respeito de sua família, de onde vinha, se tinha algum parente. Falava raramente, em frases curtas, apressadas, que soltava sibilando. Tudo aquilo que dizia soava como o borbulhar de uma raiva amargurada que cozinhava dentro dele; o assunto sempre girava em torno do trabalho ou da guerra, como se fora essas duas coisas não houvesse mais nada no mundo que merecesse palavras.

E o destino havia pregado uma peça nesse homem, fazendo com que passasse o primeiro ano inteiro da guerra na província! A guerra já durava onze meses e meio e o tenente Weixler não estivera cara a cara com nenhum inimigo. Logo no começo, ele tinha atravessado a fronteira russa por poucos quilômetros, mas, antes de atirar uma única vez, fora acometido pelo tifo. Finalmente, estava se aproximando do inimigo! O capitão Marschner sabia que ele carregava uma arma esportiva e que havia sacrificado todas as suas economias por uma mira para acertar na mosca e saber exatamente quantos inimigos teriam suas "velinhas apagadas" por ele. E que tinha ficado quase feliz assim que foi possível ouvir os tiros por perto – falante, impelido por um ímpeto nervoso, como um caçador apaixonado no começo do dia. O capitão viu-o aparecer aqui e acolá no meio da massa dos homens e se afastou. Não queria testemunhar seu pobre pessoal, exausto, sendo atormentado, acossado, igualzinho a um rebanho recolhido por um cão pastor. A impaciência de Weixler garantia que, antes de passados os dez minutos, a companhia já estaria a postos. E depois... depois, não haveria mais motivos para um titubeio. Não haveria mais possibilidade de adiar ainda mais a pesada decisão!

O capitão Marschner inspirou fundo e, com os olhos estranhamente tensos, arregalados, olhou para o céu. Lá adiante, do outro lado da colina íngreme, que ainda impedia a visão sobre o campo de batalha, as armas ribombavam, invisíveis, num ritmo esbaforido. E, pouco acima do cume, flutuavam, compactos, pequenos pacotinhos branco-amarelados, como bolas de neve jogadas no ar: as nuvens de fumaça da linha de tiro pela qual sua companhia teria de passar.

Não era um caminho curto! Mais 2 quilômetros de um lado do pé da colina até a entrada da trincheira; e sempre sobre o terreno aberto, sem nenhuma cobertura. Para um batalhão de reservistas, para honrados pais de família que estavam no campo havia pouco tempo e receberiam seu primeiro batismo de fogo, que sentiriam pela primeira vez o cheiro de pólvora, não era uma tarefa simples. Para Weixler, que não tinha outra coisa na cabeça senão a medalha de bravura, que ele queria receber o quanto antes – para um valentão daquele de 20 anos, que fazia o mundo girar ao redor da sua importantíssima pessoa e que ainda não tivera tempo de aprender a valorizar a vida –, tratava-se apenas de um passeio excitante, um evento animado, no qual era possível testar e exibir seu jeito inabalável sob a melhor das luzes. Em silêncio, ele certamente se divertia, havia tempo, com a indecisão de seu velho capitão e praguejava contra esse último descanso que o obrigava a esperar mais meia hora até seu primeiro ato de herói.

Marschner cortava com seu chicote as gramas altas e, de vez em quando, olhava furtivamente para sua companhia. Percebeu pelos gestos arrastados dos homens, pela resistência com que se erguiam, como crianças que tiramos do sono, que eles tinham vislumbrado, havia muito, para onde o caminho os levaria. O silêncio com que guardavam suas coisas e entravam em formação apertava-lhe o coração.

Ele se preparara incansavelmente para esse momento desde o começo da guerra, matutara dia e noite, tentando se convencer de que a desgraça do indivíduo nada significava quando havia algo mais alto em jogo; de que um líder consciente deveria se armar com a indiferença. E, agora, lá estava ele, percebendo, assustado, que todas as boas intenções haviam derretido e nada lhe restava senão a compaixão ardente, infinita, com esses assustados *patres familias* que se preparavam com uma resignação tão silenciosa que, por assim dizer, tomavam suas vidas nas mãos como um recipiente valioso, a fim de carregá-lo para a batalha e jogá-lo aos pés do inimigo, como se aquilo que se estilhaçaria fosse seu único bem!

Ao bondoso "tio Marschner", como era chamado pelos conhecidos, não se pedia nem para matar um coelho criado em casa ou levar o cachorro querido ao seu algoz. E agora ele tinha de escaldar em água fervente as pessoas que ele mesmo formara como soldados, que observara durante meses, pessoas que conhecia como seus próprios bolsos! De que adiantavam todas as reflexões profundas? Ele enxergava apenas os suplicantes olhares amedrontados que seus homens lhe dirigiam, pedindo-lhe proteção, como se acreditassem que seu capitão fosse capaz, também, de lhes indicar o caminho de balas e granadas. E agora era preciso abusar dessa confiança? Era preciso guiar à morte, sem nenhuma emoção, esses jovens barbudos os quais vira, havia pouquíssimo tempo, se despedindo das mulheres chorosas, cercados dos filhos? Era preciso continuar marchando, sem se incomodar quando um ou outro caía, alvejado, debatendo-se no próprio sangue? De onde ele deveria tirar a força para tal dureza? Dos mais altos ideais, talvez? Não dali. Não era palpável. Era muito falatório, retórica exagerada, impossível de convencer seus soldados que, temerosos, com as almas voltadas para seus lares, se dirigiam ao fogo de barragem!

A informação que o tenente Weixler, esbaforido, escarrara em seu rosto foi sentida como um soco no estômago. Soava tão desafiadora! A pergunta insolente: "Ora, por que você não está animado com o perigo, como eu?" não podia deixar de ser ouvida. As têmporas do capitão Marschner latejavam. Ele teve de desviar o olhar, que se fixou involuntariamente nas nuvens dos tiros de *schrapnell*[1], carregado com uma súplica, uma invocação secreta às esferas idiotas que choviam indiscriminadamente: que ensinassem o sofrimento a esse rapaz de sangue gelado, que o convencessem de sua vulnerabilidade!

Um segundo mais tarde, ele baixava a cabeça envergonhado. Sua ira se levantava contra o homem que conseguira despertar nele uma sensação daquelas.

– Obrigado. Deixe o pessoal em posição de descanso. Tenho de checar os cavalos mais uma vez – ele falou de maneira comedida, com uma tranquilidade forçada que lhe fazia bem. Não queria ser pressionado, muito menos naquele instante, e se alegrou ao ver o tenente levar um susto; sorriu internamente pela expressão indignada e no momento em que o desafiador "sim, senhor capitão" não foi pronunciado de maneira límpida, mas entredentes. O rapaz tinha de aprender o que eram limites! Pois ele adorava se inebriar com o poder de que dispunha sobre a corporação, como se fosse a força de sua personalidade que arbitrasse as pessoas e não o regulamento que estava sempre ao seu lado.

O capitão Marschner voltou à floresta com passos lentos, duplamente contente pelo fato de a lição que passara a Weixler ter dado também um curto respiro aos seus homens.

---

1 Munição de fragmentação; granada cheia de balins de chumbo, com uma espoleta de tempo para explodir no ar sobre o alvo. Está obsoleta desde o final da Primeira Guerra Mundial. [TODAS AS NOTAS SÃO DESTA EDIÇÃO.]

Talvez uma granada acabasse explodindo bem diante de seus narizes e esses poucos minutos pudessem salvar a vida de vinte pessoas. Talvez?... Claro que também podia ser exatamente o contrário: justo esses minutos... Ah! De que adiantavam tais contas? O melhor era não pensar nisso! Ele queria ajudar os homens o máximo possível, mas não seria o salvador de ninguém.

Ou ainda...? Aquele que acabara de chegar da floresta, vindo ansioso a seu encontro, estaria protegido temporariamente. Ele ficaria com outros seis homens para trás, junto dos cavalos e da equipagem. Era injustiça escolher justo esse? Todos os outros suboficiais eram mais velhos e casados; o baixinho gordinho, de pernas arqueadas, tinha seis filhos em casa. Será que ele podia justificar, diante de sua consciência, manter esse rapaz solteiro aqui em segurança?...

Com um movimento brusco da mão, o capitão interrompeu seu pensamento. Ele preferia socar o próprio peito e se dar uma bela surra. Ah, por que não tinha parado de ficar matutando e pesando as coisas? Restara alguma justiça por ali, no reino governado pelas granadas, que poupava os inúteis e acabava com os melhores? Ele não havia prometido a si mesmo deixar em casa sua consciência, sua sensibilidade, sua empatia sempre alerta com todas as reflexões inúteis, junto de suas roupas civis embaladas com cânfora, na casa dos tempos de paz? Isso tudo fazia parte do engenheiro civil Rudolf Marschner, que no passado fora oficial e que aos 30 anos voltara mais uma vez aos bancos escolares a fim de trocar o ofício da guerra, no qual se perdera quando era um garoto idiota, por uma profissão que correspondia melhor à sua personalidade suave, reflexiva. Esta guerra que o tornara soldado mais uma vez, vinte anos depois, era uma infelicidade. Uma catástrofe que se abateu sobre ele – sobre todos – de maneira imerecida e com a qual ele tinha finalmente de se haver. E para tanto era preciso, em primeiro lugar, libertar-se de toda reflexão! Para que ficar se torturando com tantas perguntas? Afinal, alguém tinha de ficar para trás de guarda na floresta. O comandante havia escolhido esse jovem maquinista, então ele ficaria. E ponto-final!

Mas era constrangedor o rapaz provocar tamanha comoção. A gratidão canina que seus olhos úmidos expressavam era repugnante, simplesmente repugnante! Como esse homem se punha a balbuciar algo sobre a mãe? Ele ficaria ali porque o trabalho assim o exigia; sua mãe não tinha nada a ver com isso. Ela estava em Viena – e ali era a guerra. Ele precisava saber: seu comandante não esperava que ele considerasse sorte ou misericórdia especial não ter de lutar na guerra!

O capitão Marschner ficou muito mais aliviado ao terminar de passar o pito no combalido pecador. Agora, sua consciência estava totalmente leve, como se o homem tivesse sido escolhido para o posto apenas por acaso. Mas a sensação não durou muito, pois o sujeito ridículo não conseguiu deixar de dirigir-se a ele como seu salvador. E quando ele, numa rígida postura militar, mas com a voz rouca e trêmula pelas lágrimas engolidas, balbuciou: "Aceite meus humildes desejos de boa sorte, senhor capitão", o capitão voltou a sentir um frio no estômago pelo fervor e pela ardente devoção desse voto. Por isso, deu meia-volta e foi embora.

Nesse momento, o capitão já sabia. Podia imaginar quantas coisas Weixler já reparara nele, como secretamente já teria troçado de sua sensibilidade, como uma pessoa simples como ele conseguira adivinhar seus pensamentos mais íntimos! Esse marceneiro não lhe dissera nem uma palavra; o capitão o observara, furtivamente, na noite do embarque em Viena, ao se despedir da mãe. Como esse maldito sujeito conseguiu suspeitar que a velha cheia de rugas, encolhida, com a pele do rosto ressequida pela vida, pudesse ter impressionado de tal maneira seu capitão? Ele mesmo certamente não sabia o quanto era comovente a cena da minúscula mãe levantando o olhar lá de baixo; como não conseguiu alcançar o rosto do filho, acariciou com as mãos trêmulas o peito largo. Nenhuma pessoa poderia ter confidenciado ao homem que, desde então, o comandante de sua companhia não era mais capaz de olhá-lo sem enxergar, na camisa azul-celeste, como que pintadas, as mãos amarelo-limão, venosas, com os dedos artríticos, que tocaram o tecido áspero com um amor tão inefável. E, apesar disso, o sujeito tinha descoberto que essas mãos flutuavam sobre ele, protegendo-o, que tinham rezado por ele e amaciado o coração de seu chefe.

Furioso, Marschner marchava sobre o gramado, envergonhado; era como se alguém tivesse lhe arrancado uma máscara do rosto. Então era tão fácil assim decifrá-lo, apesar de todo o esforço que fazia?... Ele parou para retomar o fôlego e soltou um palavrão em voz alta. Ora, ele não podia se transfigurar, não podia subitamente trocar de pele, mesmo com mil guerras mundiais! Ele estava acostumado a fazer as vontades de sobrinhos e sobrinhas, rindo bondosamente; era incapaz de se tornar um facínora da noite para o dia, que sai contente para caçar homens! E que ideia louca era aquela de colocar todas as pessoas num mesmo molde? Não passava pela cabeça de ninguém transformar Weixler num filósofo de coração mole; e ele, Marschner, tinha de se transformar, assim, do nada, em um matador sanguinário?... Afinal, ele não tinha mais 20 anos como Weixler, e esses homens silenciosos, tristes, que tinham sido arrancados de suas casas de maneira tão cruel, significavam muito mais para ele do que apenas uma arma que mandamos consertar quando está quebrada, que deixamos para trás, indiferentes, quando não serve mais. Quem já tinha visto e pensado a vida de todos os ângulos não podia ser um mero soldado, como seu tenente, que ainda não se tornara um verdadeiro ser humano, que ainda não vira o mundo de outra maneira senão a partir do pátio da escola de cadetes ou da caserna.

Sim, se ainda tivesse sido como no começo da guerra, quando uma porção de jovens aventureiros cantava das janelas dos vagões sem deixar nada para trás, no máximo pais que poderiam impressionar! Naquela época, ele também teria se saído tão bem quanto qualquer outro, tão bem ou melhor que o rígido tenente Weixler. Naquela época, as pessoas marchavam durante duas, três semanas, antes de topar com o inimigo. Soltavam-se aos poucos da vida, passavam por milhares de dificuldades e privações; a fome, a sede e o cansaço faziam que se esquecessem pouco a pouco do que tinham deixado longe, muito longe. O ódio contra o inimigo que havia originado todo esse sofrimento crescia dia após dia; e a batalha era a libertação após o longo e passivo tempo de penúria.

Hoje, porém, as coisas aconteciam num vapt-vupt. Anteontem, em Viena e, hoje, ainda com o beijo de adeus nos lábios não totalmente desapegado, em meio ao fogo. E não às cegas, não ingenuamente, como antes! Para esses pobres coitados, a guerra já não tinha mais segredos. Todos contavam com mortos na família ou entre seus conhecidos; todos já tinham conversado com feridos, visto inválidos desfigurados e sabiam mais sobre feridas de *schrapnell*, projéteis que desviavam da rota, granadas de gás e lançadores de chamas do que os generais de artilharia e os médicos antes da guerra.

E ele tinha de liderar justamente esses clarividentes, esses homens rudemente desenraizados! Ele, o capitão reformado Marschner, o civil, que no início teve de ficar em casa junto com os recrutas. Agora, quando era mil vezes mais duro, tinha chegado sua vez de liderar e ele não podia se rebelar contra a tarefa diante da qual não se sentia à altura. Não, ele precisou se adiantar, ele – por decência – teve de fazer valer seus direitos para evitar que os outros, que já haviam derramado sangue em combate, partissem mais uma vez para a luta em seu lugar!

Um ódio ambíguo, impotente, assolou o capitão ao se aproximar de seus soldados, que, em formação, encaravam ansiosos seus lábios. O que lhes dizer? Ele relutava em declamar obedientemente as frases patrióticas de costume que surgiam compulsórias na sua boca, como que ditadas do lado de fora. Há meses, ele remoía a decisão de não proferir o imperioso "*dulce et decorum est pro patria mori*", custasse o que custasse. Nada lhe repugnava mais do que fazer promoção com o sacrifício, usar esse truque de pregoeiro: anunciar uma morte enquanto se comete um assassinato dentro da própria banca.

Ele cerrou os dentes e, tímido, baixou o olhar diante dessa muralha de rostos pálidos. O pedido idiota, infantil: "Cuide de nós!" faiscava de todos os olhos; levava-o ao desespero.

Sua vontade era mandar todos de volta aos seus e prosseguir sozinho! De súbito, ele estufou o peito, fixou os olhos na medalha de um homem do meio da fila e disse:

– Filhos! Enfrentaremos, agora, o inimigo. Conto com cada um cumprindo com seu dever, fiel ao juramento à bandeira. Nada exigirei de vocês que não seja imperioso para o interesse de nossa pátria, ou seja, para o interesse de vocês mesmos, para a segurança de suas mulheres e de seus filhos. Tenham certeza disso. Sorte! E vamos lá!

Sem perceber, ele havia imitado a voz de Weixler, seu tom de comando exageradamente alto, forçadamente incisivo, a fim de suplantar a comoção que rondava, trêmula, sua garganta. Depois das últimas palavras, ele se virou bruscamente. A ordem de descansar foi dada por sobre os ombros. Sua cabeça tocou o peito e, a passos largos, ele começou a marcha.

As botas estalavam às suas costas, os pratos batiam contra uma peça qualquer do equipamento. Logo, a tropa, muito carregada, começou a ofegar, e uma nuvem pesada, sufocante, pousou sobre os homens em marcha.

Capitão Marschner sentia-se envergonhado! Assolou-o uma profunda repugnância física pelo papel desempenhado. Que alternativa restava a essa gente simples, esses pedreiros, mecânicos e camponeses que sempre viveram sem perspectiva, curvados sobre seus trabalhos, senão acreditar nos homens refinados, nas pessoas estudadas, no capitão com três medalhas no peito, quando esse lhes assegurava que era sua tarefa – e uma tarefa altamente honrada – atirar em pedreiros, mecânicos e camponeses italianos? Eles caminhavam... ofegavam atrás dele; e ele... ele os guiava! Guiava-os contra sua crença, movido por uma lamentável covardia, deles exigindo coragem e indiferença para com a morte. Ele os tinha enganado, abusara de sua confiança, explorara seu amor por esposas e filhos, porque preferia continuar a viver, talvez; voltar para casa a salvo, talvez; a ser fuzilado pela verdade! Ele adotava uma estratégia ousada colocando em risco a vida deles e a própria, porque era covarde demais para encarar sozinho a derrota certeira!

O sol fazia arder em brasa mortífera a encosta íngreme, sem árvores. O uivo do tiroteio que se aproximava, mais e mais perceptível, misturava-se ao estouro dos *schrapnells*, dos tiros das metralhadoras, dos gritos dos próprios soldados. E a linha da cumeada ainda não tinha sido alcançada!... O capitão sentiu o pulmão fraquejar, parou e ergueu o braço. Os homens deviam respirar um pouco; estavam em trânsito desde as quatro da manhã; já tinham alcançado coisas notáveis com suas pernas de 40 anos. Ele percebia isso em si próprio.

Solidário, olhou para os rostos afogueados, encharcados de suor, e estremeceu ao notar que o tenente Weixler se aproximar a passos largos. Por que não conseguia mais olhar para essas feições sem se sentir agredido, com a garganta tomada por um ódio que mal era possível dominar? Na verdade, ele deveria estar contente em tê-lo a seu lado naquele lugar. Um vislumbre desses olhos furtivos deveria ser suficiente para aplacar qualquer compaixão.

– Solicito sua permissão, capitão – ele escutou-o rosnar –, para me dirigir ao flanco esquerdo. Há uns sujeitos ali que não estão me agradando. Principalmente Simmel, o cachorro vermelho! Já agora ele está encolhendo a cabeça quando um *schrapnell* estoura lá do outro lado...

Marschner ficou em silêncio. "O cachorro vermelho?... Simmel?" Tratava-se do último homem, ruivo, do segundo trem; o tapeceiro e forrador de paredes que carregou a doce menininha no colo até o último minuto. Até que Weixler o jogou brutalmente para dentro do vagão... O capitão tinha vívida na mente a cena dos filhos olhando assustados para o homem poderoso que ousava peitar seu pai.

– Deixe-o em paz, ele já vai se acostumar – falou com suavidade. – Ele ainda está com os filhos na cabeça e não tem pressa de torná-los órfãos. Nem todo mundo consegue ser herói! Se ao menos cumprirem com suas obrigações...

As feições de Weixler enrijeceram. Ao redor dos lábios finos, surgiu novamente aquele traço duro, desdenhoso, que a cada vez fustigava o capitão feito chicote.

– Não é mais hora de pensar nas crias, mas no juramento à bandeira, que ele fez ao seu mais alto comandante! Foi o que o senhor acabou de dizer a eles, comandante!

– Sim, sim, eu disse a eles! – assentiu o capitão Marschner mecanicamente, deitando-se devagar na grama. Ele não se espantava pelo outro falar dessa maneira. Mas, sim, que certa vez, há 25 anos, na escola de cadetes, completamente embebido de entusiasmo, "juramento à bandeira" e "mais alto comandante" também lhe soaram tão definidores! Como Weixler, ele também teria entrado em uma guerra cheio de intensa alegria. Hoje, porém, como ele – surdo para o som de fanfarra de tais palavras e clarividente para o caixilho que as mantinha – haveria de manter o passo com a juventude que era um eco crédulo de tudo aquilo anunciado em pé e em voz alta? Como exigir subitamente uma atitude selvagem dos seus honrados e pacatos pequeno-burgueses, já tão bem controlados pela vida, a ponto de, em casa, passarem famintos ao lado de tesouros, deles separados apenas por uma fina parede de vidro? Como impor ao mestre forrador de paredes Simmel as mesmas obrigações que ao jovem tenente, que nunca pretendera nada diferente do que estar entre os primeiros na hora da esgrima, da luta e de mostrar coragem? Os mercenários eram famosos por seus bons costumes e os cidadãos íntegros, por sua intrepidez?... Os homens eram todos iguais aos 20 e aos 45 anos?...

Encolhido, com a cabeça entre as mãos, o capitão estava tão mergulhado em seus pensamentos que se esqueceu do tempo e do espaço, e todas as tentativas do tenente Weixler de acordá-lo, ao passar várias vezes na sua frente ou incitar de maneira barulhenta o batalhão, foram infrutíferas. Finalmente, uma cavalgada próxima fê-lo recobrar a consciência. Um oficial, com o quepe alto dos generais, galopava na trilha que circundava a colina à meia altura e perguntou pelo destino da marcha da companhia, franzindo o nariz quando o capitão Marschner citou a coordenada.

– Vocês vão para lá! – ele exclamou, e a careta transformou-se devagar num sorriso respeitoso. – Ah, meus parabéns! Estarão entrando no maior pandemônio. Os italianos de uma figa estão querendo atravessar aquilo há três dias. Não quero atrasá-los! Os pobres-diabos que estão deitados lá vão gostar de serem substituídos. Adeus. E boa sorte!

Seus dedos tocaram o quepe com graça; sob a pressão das esporas, o cavalo rinchou... e ele se foi.

Como que anestesiado, o capitão acompanhou-o com o olhar. Em seus ouvidos, ecoava o "Ah, meus parabéns!". Um homem numa boa montaria, bem descansado, rosado, limpo, parecendo recém-saído de uma caixinha, topa com duzentas vítimas destinadas à morte: suadas, sem fôlego, no limite do perigo. Ele sabe que, em uma hora, mais ou menos, alguns rostos que ainda se voltam, curiosos, em sua direção, estarão deitados na grama desfigurados pelo sofrimento ou rígidos pela morte. E diz, sorrindo: "Ah, meus parabéns!". Continua cavalgando sem ser perpassado por um tremor de consideração, sem que uma sombra escureça sua testa!

O encontro desaparecerá de sua lembrança sem deixar marcas... Nessa noite, no jantar, nada lhe fará recordar dos camaradas de quem, pela manhã, talvez fora o último a apertar as mãos!... Para esses eleitos, que de uma distância segura impeliam as colunas ao fogo, qual o significado da marcha de uma companhia rumo à morte? E o infeliz tapeceiro ruivo que tremia ao lado encolheu a cabeça, arregalou os olhos, como se o destino do mundo estivesse na dependência de conseguir carregar mais uma vez no colo sua garotinha de cachos vermelhos. Realmente, se a coisa fosse observada pela perspectiva correta – do ponto de vista de um general a galope, que, cedo ou tarde, comemorará o objetivo, a vitória, ao tilintar de copos –, então Weixler tinha mesmo razão! Ele deveria ficar indignado com um épico dessa magnitude ser levado ao ridículo por um único moleirão desses, vê-lo degradado a uma lacrimosa questão familiar.

“Os pobres-diabos que estão lá deitados!...” Marschner sentiu um arrepio quando as palavras do general suscitaram nele a visão das trincheiras atacadas, banhadas de sangue, onde a tropa mortalmente exausta ansiava por ele como um libertador. Ele se ergueu gemendo, tomado por um ódio terrível, amargurado, contra esse tempo. Não havia escapatória! Cada minuto com que ele presenteava sua gente era roubado, era um assassinato cometido contra os que estavam adiante. Impetuoso, ergueu os braços e levantou-se, firmemente decidido a não mais ficar parado antes de alcançar a trincheira que devia assumir. Seu rosto estava pálido, magoado; forçava-se a um sorriso torturado tantas vezes quanto escutava, do outro lado, o exasperante “em frente, em frente” de seu tenente.

De súbito, parou. Um novo som havia se imiscuído ao repique, ao baque, à explosão; erguia-se nítido daquele todo um espetáculo que quase não era mais notado. Veio num alarido tão infernal, tão ameaçador e rápido, que o som logo se tornou visível – uma curva uivante no ar –, subiu à altura da testa e, logo em seguida, explodiu, com um estouro curto e duro, enquanto subia uma pequena nuvem de pó alguns passos mais à frente, e granizos invisíveis repicavam na grama.

– Um *schrapnell*!

Espantado, o capitão Marschner olhou ao redor e, para sua inquietação, viu todos os olhares dirigidos a si. Como se pedissem um conselho, todos os olhos o encaravam; ao redor de todos os lábios, havia um sorriso estranho, envergonhado e constrangido.

Agora era hora de dar o bom exemplo! Seguir marchando, impávido, sem parar ou olhar para o alto! No fundo, era indiferente o que se fazia. Não havia como correr ou se esconder. Era preciso ter sorte. Então avante, como se ninguém soubesse de nada! Se apenas um parecesse despreocupado, os outros ficariam envergonhados, controlando-se uns aos outros, e tudo estava bem. Ele percebia isso na própria pele: a sensação de ser olhado por todos os lados mantinha-o firme. Caso estivesse sozinho, talvez tivesse se jogado no chão ou procurado abrigo atrás de uma pedra, mesmo se fosse muito pequena.

– Foi apenas um tiro distante! Em frente, filhos! – disse em voz alta, quase alegre pela sensação de ser um apoio a seus homens. Antes de terminar de falar, um zunido. O capitão retesou todos os músculos, rangeu os dentes de raiva quando seu tronco foi para trás e a cabeça caiu por um instante entre os ombros. Não foi a violência com a qual o alarido passou por ele que o fez estremecer. Foi a incrível nitidez da rota de voo desenhando-se à sua frente, igual à ilustração da aula de artilharia; foi essa sensação não natural de ter de ouvir mais com os olhos do que com os ouvidos que abafava qualquer força.

Era preciso fazer alguma coisa, criar a ilusão de que não estava totalmente indefeso!

– Companhia, corra! – ele gritou o mais alto que pôde, com as mãos como megafone diante da boca.

As pessoas saíram correndo, aliviadas; cada um estava ocupado consigo mesmo, tropeçava, erguia-se, apertava ou soltava peças do equipamento, e, nos arquejos e baforadas gerais, o silvo ameaçador dos tiros recebidos quase desaparecia.

Depois de algum tempo, o capitão Marschner teve a impressão de que alguém estava bufando no seu ouvido esquerdo. Ele virou a cabeça e viu Weixler, de rosto afogueado, correndo ao seu lado.

– O que aconteceu? – perguntou, automaticamente voltando a andar.

– Comandante, é preciso instituir um exemplo! Simmel, aquele covarde, está desmoralizando toda a companhia. A cada *schrapnell* ele grita "Jesus Maria", se joga no chão e transmite medo para os outros. É preciso usar o homem como exemplo a não...

No meio da frase, uma saraivada de quatro *schrapnells* foi disparada. Os uivos pareciam ainda mais altos. Para o capitão, era como se uma foice medonha, ofuscantemente clara, voasse direto sobre sua cabeça. Dessa vez, não era possível nem piscar! Como no dentista – o boticão posicionado –, seus membros se retesaram; ao mesmo tempo, ele encarou o rosto de seu tenente com atenção, curioso para saber seu comportamento durante o desejado fogo. Mas Weixler parecia não ter se dado conta dos tiros. Empertigou-se, olhou com uma atenção relaxada para o lado esquerdo e disse, indignado:

– Lá! Veja, comandante! O maldito já está deitado novamente! Quero que ele...

Weixler saiu antes de Marschner conseguir detê-lo, mas parou na metade do caminho, deu meia-volta e retornou, mal-humorado.

– O homem foi atingido – ele anunciou, resmungando e levantando os ombros, irritado.

– Atingido? – o capitão perguntou, e um gosto feio, amargo, colou de repente sua língua no céu da boca. Ele observou a tranquilidade gélida nos traços de Weixler, o olhar indiferente, apático, e sua mão esticou-se para o alto. Queria bater nele, tão provocativa essa insensibilidade, tanto lhe doía esse "o homem foi atingido" dito sem mais. A imagem da simpática garotinha, de fita clara no cabelo ruivo, passou num segundo diante de seus olhos e também de um corpo retorcido que segurava uma criança nos braços. E, como se fosse através de um véu, enxergou Weixler correndo atrás do batalhão e foi para perto de onde dois soldados do serviço médico se ajoelhavam ao lado de algo invisível.

O ferido estava de costas. Seu cabelo vermelho vivo emoldurava um rosto verde-acinzentado, fantasmagórico e imóvel. Havia poucos minutos, o capitão Marschner o vira agitado – essas mesmas feições ainda quentes, numa vivacidade nervosa. Seus joelhos amoleceram. A visão dessa inacreditável mudança brusca remexia suas entranhas com uma mão gelada. Era possível?... Todo o sangue podia sumir de repente? Um homem saudável, forte, podia se deteriorar em poucos instantes? Qual força infernal morava num pedaço de ferro desses, que podia igualar o trabalho de meses de enfermidade durante duas inspirações?

– Não tenha medo, Simmel – o comandante balbuciou, apoiado no ombro de um soldado do serviço médico. – Você será carregado para baixo até o vagão de suprimentos! – E, inspirando fundo, soltou com dificuldade a mentira: – E você será o primeiro a voltar para Viena! – Ele queria acrescentar algo sobre a família, a garotinha dos cachos ruivos, mas foi incapaz. Um grito do moribundo pelos seus inquietou-o, e ele foi tomado por um tremor interno quando a boca dolorosamente deformada do outro se descerrou lentamente. Ele viu os olhos abrindo; abalou-se diante do olhar vítreo, que não parecia se fixar em mais nada físico, que – atravessando todos os presentes – parecia procurar algo ao longe. O corpo se retorceu sob as mãos inquietas do soldado médico; do peito aberto, banhado de sangue, gorgolejavam ruídos incompreensíveis, que faziam bolhas de ar cor-de-rosa com a espuma vermelha diante da boca.

– Simmel! O que você quer, Simmel? – perguntou Marschner, profundamente curvado sobre o ferido. Com muita atenção, ele escutava o balbucio, convencido de que era preciso descobrir o último desejo! Ele suspirou quando os olhos revirados finalmente voltaram à posição e se fixaram atemorizados, cheios de perguntas, no seu rosto.

– Simmel – ele disse novamente, pegando a mão que, trêmula, procurava a ferida. – Simmel! Você não me conhece?

Simmel fez que sim com a cabeça. Arregalou os olhos, os cantos da boca caíram e, em meio ao choro e à acusação (como pareceu ao capitão), a queixa ecoou do peito aberto:

– Dói... capitão... tanto! – E depois de um som de dor, curto, agonizante, ele repetiu, bravo, num estridente grito de fúria: – Dói!... Dói! – e se debateu com os pés e as mãos.

O capitão Marschner ergueu-se num salto.

– Levem-no para baixo! – ordenou e, sem se dar conta, tampou os ouvidos e desabalou-se atrás da tropa, que já estava na linha da cumeada. Ele corria com a cabeça pressionada entre as mãos feito um torno, cambaleando, ofegante. Sentia medo de ser perseguido, de machado em riste, pela expressão de dor do ferido. Enxergou o corpo encolhido se virando diante de si, viu o rosto murcho em segundos, o branco-amarelado dos olhos, e o "dói tanto, capitão" cravou-se no seu peito de tal modo que caiu quase sufocado ao chegar ao alto. Parecia que a terra tinha sido puxada de seus pés.

Não, ele não podia! Ele não queria mais... Ele não era nenhum carrasco, não era capaz de incitar pessoas à guerra. Não podia fazer ouvidos moucos para suas súplicas, para esses gemidos infantis que atingiam sua consciência como amarga repreensão! Seus pés batiam teimosos no chão. Tudo nele se insuflava contra a tarefa que o chamava.

Embaixo, o campo de batalha se estendia deprimentemente cinza. Nenhuma árvore, nenhum pedacinho de verde. Um deserto de pedras; rachado, esgotado, revolvido, sem um único sinal de vida. Com o arame farpado despontando, as trincheiras de comunicação, que começavam no vale e levavam às encostas da colina, pareciam dedos esticados prontos para agarrar; cravavam-se profundamente na terra estrangulada. Marschner olhou involuntariamente para os lados mais uma vez. Atrás dele, o íngreme declive verde chegava ao pequeno bosque, sob cuja proteção ele deixara seus equipamentos. A estrada, branca, brilhava bem mais atrás como um rio emoldurado por campos coloridos. Uma ligeira mudança de posição – e o verde desaparecia! Tudo que era vivo definhava, como que destruído pelo barulho dos canhões, pelos uivos e estouros que martelavam o vale daquele lado como o pulsar de uma febre terrível. Crateras e ainda mais crateras de granada escancaravam-se lá embaixo; grossas colunas de terra preta erguiam-se vez ou outra, escondendo por instantes uma pequena parte desse ermo incendiado, do qual os troncos de árvores rachados, parecendo cortados a canivete, erguiam-se desdenhosos – um desafio à imaginação impotente: reconhecer, nesse cemitério de escombros, a natureza que lá existiu antes de a loucura varrê-la de lá e abandoná-la semeada de destroços, feito uma pista de dança na qual dois mundos disputaram uma mulher.

Era esse vale infernal que ele tinha de descer! Ia *viver* lá embaixo, durante cinco dias e cinco noites, cuspido ali com um grupinho de condenados, o corpo vivo preso num anzol, isca para os inimigos!...

Totalmente sozinho, sem ser ouvido por ninguém, cercado pelos disparos das armas lá no alto, como trovoada, o capitão Marschner se entregou à sua raiva, à raiva impotente contra um mundo que fazia algo assim contra ele! Praguejou, gritou seu ódio a plenos pulmões para o barulho ensurdecedor e levantou-se quando lá embaixo, quase no vale, seus homens apareceram seguidos pelo tenente Weixler, que caminhava atrás deles como um ajudante de açougueiro que conduz seus bois até o matadouro. O capitão viu-os correr, viu nuvens de explosões multiplicando-se sobre suas cabeças, viu – entre ele próprio e eles –

montinhos azuis-acinzentados espalhados na encosta, feito mochilas esquecidas, alguns imóveis, outros movimentando-se freneticamente parecendo aranhas grandes. E saiu correndo.

Ele correu como um maluco pela ribanceira íngreme, quase não sentindo a terra debaixo dos pés, sem escutar os estalos das granadas, voou mais do que andou, tropeçou em raízes carbonizadas, ergueu-se e continuou em frente, sem olhar para a direita ou a esquerda, quase de olhos fechados. De vez em quando, enxergava passar rapidamente, quase como da janela do trem, um rosto pálido, desfigurado; uma vez, pareceu-lhe que alguém suplicava por água. Mas ele não queria ver nada, não queria ouvir nada, continuava em frente, cego e surdo, implacável, atiçado pelo medo daquele "dói tanto" bravo, acusador.

Ele parou apenas uma vez, enraizado, como se tivesse caído numa armadilha de ferro que se prendia às suas pernas. Uma mão o deteve, uma mão cinza, contraída, de dedos retorcidos. Ela apareceu na sua frente como que esculpida em pedra. Ele não viu um rosto; não sabia quem o ameaçava com o punho morto. Sabia apenas que a mesma mão estava viva havia duas horas, lá no pequeno bosque; tinha cortado fatias de pão preto ou escrito um último postal. E ele foi acometido por um horror desses dedos, colocou força nas pernas, continuou a correr com passos largos de um jovem, até finalmente chegar – com pontadas na lateral do corpo e uma nuvem vermelha diante dos olhos – à companhia bem no fundo do vale, no início das trincheiras de comunicação.

O tenente Weixler empertigou-se à sua frente e anunciou a perda de catorze homens. Marschner percebeu o orgulho em sua voz, como o triunfo pelo feito, o júbilo do garoto impúbere que se vangloria pelo primeiro fiozinho de pelo sobre o lábio, que força sua jovem voz grave. O que esse jovem achava dos feridos que rolavam do declive? Do covarde ruivo com suas súplicas, dos filhos que tiveram seu provedor roubado e que cresciam rumo a uma existência de pedintes, a uma vida na lama, talvez a cadeia? Todos figurantes, cenário escuro que ressaltava a coragem heroica do tenente Weixler. Catorze corpos ensanguentados emolduravam o caminho que ele percorreu intrépido. Como seus olhos não estariam faiscando arrogância?

O capitão passou por Weixler e continuou em frente. Só não olhar para ele, disse a si mesmo, só não topar com esse radiante olhar satisfeito. Senão a fúria poderia dominar toda a razão, a língua poderia se soltar, o punho direito seguir o caminho da sua vontade! Aqui, porém, ele tinha de proteger esse homem, aqui o tenente Weixler estava em seu direito, crescia de minuto a minuto, superava a todos, nadava no alto, enquanto os outros, presos com a carga de sua humanidade amadurecida, afundavam feito pedra. Aqui as leis eram outras! O brejo escuro, no qual só se avançava com os joelhos trêmulos, levava a uma ilha cercada apenas pela morte. Quem encalhava lá não podia carregar consigo nada do que usava no outro mundo. Apenas quem não trouxera nada além de mão e machado era rei; era o rico, em cuja pujança os outros se agarravam. Enquanto caminhava, tateando, pela trincheira escorregadia, o capitão Marschner percebeu cada vez mais claramente que era chegada a hora de cuidar de seu odioso tenente Weixler como se fosse um tesouro; sem ele, estaria perdido! Ele viu o rastro do sangue escorrido diante de seus pés, pisou sobre pedaços de uniformes esfarrapados, ensanguentados, sobre cartuchos usados, latas de conservas que faziam barulho, restos de armas. Subitamente, crateras de granadas escancaravam-se, recobertas com perigosas tábuas chamuscadas. Por todos os lados mostravam-se os vestígios da enfurecida devastação, restos carbonizados, um emaranhado de fios, caibros, sacos, ferramentas quebradas, uma desorganização que tirava o fôlego, tonteava, envolta num cheiro pesado de coisas queimadas, nuvem de pó e o hálito cortante das granadas de ecrasita; em todos os lugares, a terra tinha sido estropiada por explosões gigantes, penosamente remendada, aberta mais uma vez, mais uma vez nivelada – caminhava-se por ali tropegamente, a esmo, como tomado por um furacão, por um redemoinho.

Arrasado pela violência de suas impressões, o capitão Marschner rastejou feito um verme pela trincheira e seus pensamentos se voltavam, cada vez mais arrebatadores, cada vez mais desesperados, para o tenente Weixler. Apenas Weixler poderia ajudá-lo, poderia substituí-lo com sua energia gélida, atroz, com sua cegueira em relação a qualquer coisa que não atingisse seu próprio corpo ou que era eclipsada pela visão luminosa de um Erich Weixler coberto de condecorações, promovido extraordinariamente! Atemorizado, o capitão volta e meia procurava seu tenente com os olhos; respirava aliviado todas as vezes que a voz que vinha das suas costas vibrava, enérgica, nos seus ouvidos.

A trincheira parecia não ter fim! Marschner sentiu as forças minarem, tropeçava com mais frequência e, assustado, fechava os olhos diante das marcas de sangue que se cruzavam e mostravam o caminho exato dos feridos. De repente, ele ergueu a cabeça. Sentiu um novo cheiro, adocicado, que se intensificava cada vez mais. Depois de uma curva na parede da trincheira, que levava à esquerda e depois retornava em semicírculo, ele se deparou com uma nuvem espessa. Tremendo de nojo e com o estômago na garganta, olhou ao redor, encontrou num ponto mais baixo uma pilha de uniformes sujos, esfarrapados, colocados uns sobre os outros, de contornos curiosamente rígidos. Seu olhar compreendeu aos poucos o terror que se avolumava à sua frente. Eram soldados mortos, reunidos como tábuas e traves num canteiro de obras; retorcidos como a rigidez da morte os deixou. Coberturas de barracas tinham sido colocadas sobre eles, escorregaram para o lado, descobrindo terríveis caretas cinza-pedra, maxilares abertos, olhos arregalados. Os braços dos que estavam por cima pendiam até a terra, feito caniços, tocavam o rosto daqueles que estavam abaixo, já salpicados com as manchas coloridas da decomposição.

O capitão Marschner soltou um grito curto, golfado, e cambaleou. Sua cabeça estremeceu sobre o pescoço, como se estivesse solta; os joelhos amoleceram e ele já se via estatelado no chão quando, subitamente, um rosto desconhecido apareceu à sua frente, encontrou seu olhar e lhe devolveu o controle. Um sargento estranho encarava-o sem dizer nada, com grandes olhos febris no rosto mortalmente pálido. Por um segundo, ficou paralisado, mas depois abriu a boca e bateu palmas, saltou como um dançarino e saiu aos pulos, sem pensar nas honrarias de praxe.

– Rendição! – gritou enquanto corria, parou diante de um buraco preto que se abria na parede da trincheira igual à entrada de uma caverna e, curvado, chamou lá dentro com um júbilo indescritível na voz, um grito de felicidade que parecia vir das lágrimas: – Rendição! Tenente! Chegou nossa rendição!

O capitão seguiu-o com o olhar, escutou o grito, e seus olhos ficaram úmidos pela comoção dessa manifestação infantil de alegria, de coração livre. Lentamente, ele seguiu o sargento e – como se o grito tivesse acordado os mortos – viu rostos pálidos surgindo de todos os cantos, feridos com ataduras ensanguentadas, figuras trêmulas com armas nas mãos. Aparecia gente de todos os lados, encarando-o, formando com os lábios a palavra “rendição”, até que um deles começou a berrar, soltando um “hurra” estridente que correu feito fogo, encontrou eco em gargantas invisíveis e que o repetiam, satisfeitas. Sensibilizado, o capitão Marschner baixou a cabeça e passou rapidamente a mão sobre os olhos quando o comandante saiu do abrigo em sua direção.

Nada mais tinha vida naquele homem: seu rosto estava com a cor das cinzas, seus olhos, apagados, opacos, envoltos por olheiras da largura de um dedo; as pálpebras injetadas pela falta de sono. Cabelo, barba, roupa estavam cobertos por uma grossa crosta de lama e sujeira, fazendo parecer que ele acabara de sair do túmulo. A mão, que após um rápido cumprimento militar envolveu a direita do capitão com esfuziante alegria, era gelada como a de um cadáver e grudenta pelo suor e pela terra. Terrível era o contraste entre esse esqueleto recoberto com roupas, essa rígida máscara mortuária, e a vivacidade agitada, excitadíssima, com a qual o sargento saudou seus libertadores.

As palavras fluíam de seus lábios rachados em cascata. Ele puxou Marschner para dentro de seu abrigo e, tateando como se estivesse ofuscado, empurrou-o para que se sentasse em uma espécie de assento invisível. Em seguida, começou a contar. Nem por um instante conseguia ficar parado. Ele saltava, batia nas coxas, ria alto demais, saltitava para cima e para baixo, jogou-se sobre o colchão no canto, pedia o tempo todo um cigarro, jogava-o fora – sem perceber – depois de duas tragadas e logo voltava a pedir outro.

– Três horas mais tarde – ele falou, feliz, com uma animação forçada –, três... não! Uma hora mais tarde já teria sido tarde demais. Você sabe quantas balas ainda tenho? Mil e cem no total. Metralhadoras: nada; telefone: quebrado desde ontem à noite! Enviar uma patrulha para consertá-lo? Impossível, pois preciso de todos os homens na trincheira. Éramos 164 – agora, só tenho 31 e 11 feridos que não conseguem mais segurar uma arma. Trinta e um homens e com isso tenho de sustentar a trincheira. Hoje à noite, ainda éramos 45 quando eles chegaram. Nós os mandamos ao diabo, mas 14 foram embora! Não conseguimos enterrá-los ainda. Você não os viu deitados diante do abrigo da tropa?

O capitão deixou-o falar; tinha colocado os cotovelos sobre a mesinha precária, segurava a cabeça entre as mãos e fazia silêncio. Seus olhos vagavam pelo ambiente escuro e bolorento que uma pequena lamparina de petróleo fumegante preenchia com seu cheiro. Ele viu a palha mofada no canto, o megafone abandonado ao lado da entrada, uma caixa de latas de conserva vazia, sobre a qual se abria um mapa amassado da região. Viu uma montanha de armas, montes de uniformes com etiquetas, e sentiu que um terror silencioso, gelado, começou a tomar conta dele, trancar sua respiração, como se a terra, contida lá no alto por tábuas empenadas, ameaçasse cair a qualquer momento, comprimindo seu peito. Esse fantasma dançante, com a caveira risonha, que há oito dias talvez ainda tivesse sido jovem, parecia um pesadelo. E a ideia de que agora era sua vez de aguentar cinco, seis, oito dias nessa trincheira, de vivenciar o mesmo terror que era relatado pelo outro aos risos, elevou sua falta de coragem a uma fervorosa indignação pulsante que ele mal conseguia dominar. Ele queria berrar; levantar num salto, sair correndo e perguntar aos gritos para a humanidade por que tinha de ficar ali até se tornar uma carcaça podre ou enlouquecer. Ele não conseguia entender como tinha sido levado até ali; não via sentido, não via objetivo, somente esse buraco na terra, os cadáveres se decompondo do lado de fora e – logo ao lado – um passo ao lado dessa insanidade, sua Viena, assim como ele a deixara havia dois dias, com bondes, vitrines, pessoas que se cumprimentavam e salas de teatro. Que loucura era ficar parado ali, numa espera idiota pela morte, perecendo em meio à sujeira e ao sangue, como um animal na terra nua, enquanto os outros estavam sentados, alegres, limpos, bem-vestidos, em salas iluminadas, ouvindo uma peça musical, dormindo em suas camas macias, sem medo, sem perigo. Protegidos por um mundo que cairia indignado sobre qualquer um que ousasse tocar em apenas um fio de seus cabelos! Ele já estava louco ou eram os outros?

Sua pulsação estava tão acelerada que parecia que o peito estava prestes a explodir caso ele não conseguisse expulsar, aos gritos, essa aflição da sua alma. E, nesse instante, o tenente Weixler apareceu no abrigo com uma pressa agitada, como um mestre de cerimônias de um baile, empertigou-se diante dele e avisou que lá no alto tudo estava em ordem, que os postos já tinham sido distribuídos, as vigílias, determinadas, as metralhadoras, posicionadas. O comandante olhou para ele e teve de baixar os olhos, como se esbofeteado por essa tranquilidade que fazia sua raiva murchar e se tornar uma vergonha profunda, calcinante. Por que esse homem permanecia incólume ao grande medo da morte que impregnava o ar daquele lugar? Por que esse homem podia ordenar, mandar, reinar com a tranquilidade de alguém maduro, enquanto ele se escondia como uma criança envergonhada e se rebelava contra o destino com a teimosia sem sentido do animal acuado, em vez de controlá-lo, como convinha à sua idade?... Ele era covarde? Estava realmente dominado por um medo menor, lamentável, por aquela miserável cegueira da alma que não consegue erguer o olhar acima do próprio eu, que não consegue se doar para nenhuma ideia? Será que ele era assim, sem senso pela comunidade, totalmente dominado pelo egoísmo míope, preocupado apenas com sua mera e deplorável existência?...

Não, ele não era assim! Não se atinha à própria vida mais do que qualquer outro. Poderia entregá-la entusiasmadamente, sem bandeiras, sem rompantes, sem aplauso! Se a trincheira ali adiante estivesse cheia de gente igual a Weixler; se a luta fosse contra essa dureza implacável; contra essas palavras de ordem nutridas com carne humana; contra essa máquina de violência como um todo, construída com refinamento, que usava seus protegidos como anteparo... ele iria entrar nela de mãos vazias, sem ouvir os estampidos dos tiros, o gemido dos feridos!...

Não, ele não era covarde. Não como esses dois imaginavam! Ele os viu piscando, desdenhosos, divertindo-se secretamente sobre o infeliz tio velho metido a oficial que era a imagem da infelicidade sentada num canto. O que sabiam eles de seu desespero! Postavam-se ali feito "heróis", sentiam o olhar da pátria sobre si, diziam palavras que, carregadas pelo eco de um mundo, povoavam a solidão com iguais e a força de milhões fluía para suas almas – e riam de alguém que tinha de matar sem ódio e morrer sem satisfação, por uma vitória que não lhe significava outra coisa senão violência que prevalecia porque era mais forte, não porque fosse justa ou porque seu objetivo fosse bom e nobre. Que desdenhassem dele. Ele não tinha motivos para se esconder da coragem deles!

Uma teimosia gelada, orgulhosa, inundou-o, fazendo com que ele se levantasse subitamente forte, parecendo livre da carga sobre-humana que carregava sozinho sobre os ombros. Ele viu o tenente, sem parar de saltitar, recolhendo suas coisas e metendo-as na mochila; escutou-o xingando os rapazes, pedindo pressa. Nos intervalos, sacava novos detalhes, terríveis, das batalhas dos últimos dias que Weixler escutava com muita atenção.

– Qual a pergunta? – ele gritou sorridente para seu ouvinte. – Se os italianos tiveram muitas perdas? Sim; você está achando que os deixamos nos caçar como se fôssemos coelhos? Calcule só quantos eles perderam nos seus onze ataques, se nós acabamos reduzidos a trinta, mesmo sem sair da trincheira. Eles que continuem nessa toada por mais umas semanas, e o material humano deles terá terminado!

O capitão Marschner não quis prestar atenção, estava curvado sobre o mapa e deu um salto quando a expressão "material humano" chegou aos seus ouvidos. E que soou na sua mente como um grito de escárnio – parecia que os dois tinham lido seus pensamentos e combinaram de lhe mostrar, com todas as letras, como ele estava sozinho.

"Material humano!"

Dentro de uma trincheira impregnada pelo cheiro de corpos mortos, sacudida pelo impacto das granadas, estavam dois homens: cada um deles, um soldado em ação, conversando sobre "material humano", enquanto os dados ainda estavam sendo jogados por seus ossos! Proferiam essa expressão infame, vergonhosa, sem nenhuma indignação, como se fosse a coisa mais natural do mundo que seus corpos não fossem mais do que uma peça no jogo de homens que se davam o direito de jogar como se fossem deuses! Colocavam sem hesitação sua vida única, irreparável, aos pés de uma força que só com seus cadáveres poderia provar se o ataque tinha sido bem posicionado. E os que falavam dessa maneira eram oficiais!... Um brilho de esperança, onde?

Lá fora, junto às pessoas simples que alimentavam os canhões! Esses homens estavam rendidos em seus lugares, pensavam nas suas casas, mas ainda se sentiam gente. Ele teve vontade de estar entre os seus soldados – com seu luto silencioso, abafado, com essa grandeza autêntica –, que aguardavam pacientemente a morte heroica, sem comoção e sem festejos, por assim dizer, com a roupa surrada de casa. Em silêncio, ele passou pelos dois falastrões e foi embora.

Os que haviam sobrado do batalhão liberado da trincheira estavam em formação diante da saída. Sempre dois homens com um companheiro morto na padiola entre eles. Uma longa fila, comovente em sua expectativa silenciosa, sobre a qual se misturavam, do alto, os silvos e as explosões dos *schrapnells*, os estouros das granadas, como uma ameaça aos que ainda estavam vivos. Amargurado, Marschner cerrou os punhos contra essa insaciabilidade estrondeante quando, subitamente, o pálido sargento apareceu diante dos mortos e o arrancou de seu devaneio.

– Capitão, informo que temos mais três feridos graves que não conseguem andar, além de nossos catorze mortos. Não me sobraram padiolas para carregar esses três italianos.

– Vamos deixá-los de lembrança para vocês! – o comandante, que tinha acabado de sair do abrigo com Weixler, interrompeu com sua risada retumbante. – De noite é possível enterrá-los entre as trincheiras de comunicação, capitão. Quando escurecer, os italianos recuam com a artilharia e é possível subir. Eles não desfrutarão de muita paz, pois as granadas arrebentam tudo de novo, mas nossos próprios mortos não têm coisa melhor. Já mandei enterrar três vezes meus pobres cadetes.

– Como esses três conseguiram chegar até aqui? – perguntou o tenente Weixler, se intrometendo. – Vocês travaram uma batalha nas trincheiras?

O comandante balançou a cabeça, orgulhoso:

– Claro que não! Os cavalheiros nunca avançaram tanto. Esses três quiseram cortar nosso arame farpado anteontem à noite. Mas nosso soldado da metralhadora descobriu e acabou com a brincadeira deles com seu esguicho de balas. Bem, e depois eles estavam deitados bem diante do nosso nariz e usavam sapatos amarelo-canário, tão maravilhosos. Meus homens não deixaram que fizessem bom proveito deles. Aqui – ele apontou com um toco de dedo para os pés do sargento pálido – está um par deles. Mas agora temos de ir! Vamos, sargento! Meus respeitos, capitão. Os italianos vão ver o que é bom para tosse, hoje à noite, quando chegarem para, tranquilamente, acabar conosco e, de repente, 150 armas vão entrar em ação, mais duas metralhadoras novinhas. Ha-ha. Pena que não vou poder estar presente. Adeus, moço. Boa sorte!

Cantarolando uma divertida canção popular, ele seguiu seus homens. Sem virar uma vez sequer, sem notar que Marschner o acompanhou por mais um trecho.

Animados como se estivessem num passeio de fim de semana, os homens começaram a percorrer o caminho que passava pelo terrível campo de escombros até a colina íngreme, toda cravada de balas. Que inferno devem ter passado os homens aqui nesse buraco de toupeira!

O capitão suspirou fundo e parou. Era como se a longa coluna cinza que caminhava lentamente pela trincheira levasse embora também a última esperança. As costas do último soldado, que em seu balanço se tornava menor a cada passo, era o mundo; o olhar se prendia a essas costas, media temeroso a distância até o canto da trincheira, que logo haveria de escondê-lo para sempre. Ainda era possível gritar um cumprimento – ou, correndo, entregar uma carta! Depois, esse último meio desapareceu, a última possibilidade de dividir a distância em duas partes. E a nostalgia tinha medo do espaço infinito, que, a partir de então, ela teria de transpor sozinha.

Marschner abateu-se quando ficou totalmente abandonado na trincheira vazia. Sentia-se vazio, olhou ao redor à procura de ajuda e seu olhar ficou pregado na depressão da terra, já sem os cadáveres. Apenas os três italianos ainda estavam ali. Um deles mostrava o rosto, de boca escancarada, pronto para gritar, e suas mãos agarravam, à guisa de defesa, o corpo inchado. Os outros estavam deitados com os joelhos dobrados, a cabeça entre os braços. Os pés nus e seus dedos cinzentos, retorcidos, olhavam para a trincheira como uma acusação silenciosa. Uma lonjura, uma desolação envolvia esses corpos mortos, esses pés descalços! Brotaram lembranças entretecidas a esmo, rostos que se embaciavam. Gondoleiros em Veneza... cocheiros falantes... uma dona de restaurante sem dentes em Posillipo. Duas viagens de férias pela Itália trouxeram um Exército de sofredores... e, por último, sua própria irmã entrou na dança, despreocupadamente ouvindo música ao ar livre, em Viena, enquanto o irmão já estava largado duro sobre a terra, um inimigo morto que se empurrava para o lado com o pé.

Tremendo, o capitão seguiu rapidamente em frente como se os três mortos o perseguissem com as solas nuas. Ele se sentiu acolhido ao finalmente encontrar seus homens. As granadas caíam tão próximas que nenhuma pausa separava os ataques, e todos os ruídos se juntavam num único retumbar uniforme, que sacudia a terra como o corpo de um navio. Um tiro certeiro arruinou a cobertura do alto, seguido por um estrondo, estilhaços e, poucos minutos depois, dois homens carregavam, ofegantes, um corpo; apoiaram-no na trincheira e retornaram pelo túnel estreito até seus postos. Marschner viu o sargento se levantando, movimentando a boca – e, nesse momento, um soldado se levantou do canto, pegou sua arma e, com passos pesados, seguiu os outros dois. Que coisa triste! Tão cruelmente objetivo. Parecido com o chamado de "o próximo" durante os exercícios individuais no quartel. A diferença é que um pequeno grupo se formou imediatamente ao redor do morto, movidos todos pela curiosidade envergonhada que atrai as pessoas simples aos cadáveres e enterros. A maioria também esperava que ele fosse até lá (ele sentia isso nos olhares dos homens) para reverenciar o morto. Mas ele não queria! Estava firmemente decidido a não descobrir como o morto se chamava; firmemente decidido a aprender a se dominar, permanecer indiferente diante de todos os pequenos acontecimentos! Enquanto não tivesse visto o rosto do morto, não tivesse escutado seu nome, ele era apenas "um homem" perdido, um de muitos milhares. Mantendo-se distância, não se curvando sobre cada um, não se permitindo conhecer nenhum destino específico, não era nem tão difícil permanecer indiferente.

Teimoso, ele foi até o segundo túnel, que levava para o alto, e apenas então percebeu que o lado de fora estava totalmente em silêncio; nenhum silvo ou explosão. Essa quietude paralisante tomava o lugar da assuada ensurdecedora, preenchia o espaço com uma expectativa tensa, que bruxuleava nos olhos de todos. Ele queria se livrar dessa pressão constrangedora e subiu até o alto.

A primeira coisa que enxergou foram as costas curvadas de Weixler, que, com o binóculo diante dos olhos, estava encostado numa placa que servia de escudo. Também os outros pareciam grudados em seus postos de tiro e a imobilidade de seus ombros tinha algo de assustador. De repente, um tremor perpassou a fila congelada! Weixler saltou para trás, trombou com o capitão e gritou:

– Eles estão vindo!

Em seguida, foi até a boca do túnel e as bochechas inchadas sopraram seu apito de alarme.

Marschner acompanhou-o com o olhar, desajeitado, foi devagar até as posições de tiro e olhou para o campo aberto, cheio de fumaça – que se avolumava do outro lado do arame quebrado –, cinza, rasgado e manchado de sangue como o ventre inchado de um cadáver gigante. Às suas costas, bem distante, o sol se punha; já meio enterrado, parecia despontar, abrasado, da terra. E, diante desse cenário ofuscante, dançavam silhuetas negras, como mosquitos sob o microscópio, como índios balançando as machadinhas. Muito miúdas, por vezes desapareciam, saltavam, se aproximavam, sacudiam as armas como se fossem tentáculos, e seus gritos se tornavam aos poucos audíveis, cada vez mais altos, como latidos de cachorros. O grito de "*avanti*" era claro e agudo, substituído pelo "*coraggio*", que atravessava suas fileiras, grave como uma trovoada.

A tropa estava na ribanceira, todos os homens apertados, cabeça com cabeça. Os rostos de pedra, amargurados, brancos feito cera, com bocas descarnadas; a arma pronta: um único animal de rapina com cem braços e cem olhos.

– Não atirem! Não atirem! Não atirem! – a voz de Weixler ecoava pela trincheira sem parar, enrodilhava-se em todas as gargantas e segurava os dedos que, numa ânsia lívida, prendiam-se nos gatilhos. E a primeira granada caiu na trincheira!... O capitão Marschner viu-a se aproximando – viu um homem se destacar da massa, cambalear até a saída, um véu de sangue diante do rosto. Nesse instante – finalmente! –, começou, libertadora, a salva das metralhadoras e, imediatamente, também entraram os rifles, como uma matilha ofegante. Uma fria avidez repugnante cobria todos os rostos. Alguns gritavam alto de ódio e fúria quando surgiam novos grupos por detrás das fileiras ralas. Os canos das armas fumegavam, mas, mesmo assim, o "*coraggio*", berrado, se aproximava cada vez mais.

Como se tivessem sido acometidas por um ataque de fúria, as silhuetas saltavam do lado de fora, caíam, rolavam umas sobre as outras, como se a dança da guerra tivesse alcançado apenas naquele momento o máximo de seu paroxismo.

Foi então que o capitão Marschner viu que o homem ao seu lado baixou a arma por um instante e, com as mãos céleres, trêmulas, prendeu a baioneta no cano fumegante. Tomado por uma ânsia de vômito, ele fechou os olhos, tonto, e, apoiado contra a parede da trincheira, foi escorregando até o chão. Será... será que... devia assistir àquilo? Assistir, muito de perto, a homens matando? Ele arrancou o revólver do estojo, tirou o pente cheio e jogou-o fora. Agora, estava desarmado e, de repente, ficou calmo, aprumou-se erguido por uma maravilhosa serenidade, disposto a se submeter diante de um desses animais ofegantes que, atiçados por um medo cego da morte, vinham correndo. Ele queria morrer feito homem, sem ódio, sem fúria, de mãos limpas!

Um grito rouco, um grito terrível, desumanizado, próximo a ele puxou seus pensamentos de volta à trincheira. Um largo facho de luz e fogo em forma de arco caiu, ofuscante, a seu lado; salpicou sobre os ombros do alfaiate alto, de rosto marcado pelas pústulas do sarampo, que estava na primeira linha. Num instante, todo o lado esquerdo do homem estava em chamas. Ele se jogou ao chão, chorando, correu em círculos feito uma tocha humana, gemendo, até cair, já meio carbonizado, tatear com as mãos trêmulas ao redor e enrijecer. O capitão Marschner viu-o deitado, respirou o cheiro da carne queimada e seu olhar caiu involuntariamente sobre a própria mão, onde, debaixo do polegar, havia uma mancha branca, minúscula, lembrança das dores de uma queimadura quando garoto.

Nesse momento, a trincheira foi tomada por um hurra fervoroso, exultante, saído de centenas de gargantas libertadas. O ataque havia sido rechaçado! O tenente Weixler observara atentamente o lançador de chamas e o acertou de primeira. A mão enrijecida do morto lançara as chamas, que subiam feito uma fonte, contra os próprios companheiros e as fileiras dizimadas fugiram diante do repentino e inesperado perigo, aos trambolhões, perseguidos pelos tiros furiosos do conjunto das armas.

Os soldados caíram parecendo desmaiados, a expressão letárgica e os olhos baços, como se alguém tivesse puxado da tomada o cabo de força que de algum lugar alimentava com energia esses corpos mortos. Alguns se apoiaram, brancos como cera, nas paredes da trincheira, deitaram a cabeça de lado e sucumbiram à exaustão. Marschner também se sentia prestes a ficar nauseado e foi tateando até a saída. Ele queria ficar totalmente a sós no seu canto, dar um jeito de se livrar do desespero que o assolava.

– Olá! – o tenente Weixler quebrou o silêncio de maneira totalmente inesperada e veio a galope até o lado esquerdo, onde ficavam as metralhadoras.

O capitão virou-se mais uma vez, subiu na escada e olhou para fora. Lá, próximo dos obstáculos de arame, um italiano se ajoelhava, a mão esquerda flácida junto ao corpo, a direita erguida numa súplica, e se aproximava devagar. Um pouco mais atrás, meio escondido pelo homem de joelhos, algo se mexia sobre a terra. Três feridos se arrastavam de volta à própria trincheira; dava para ver claramente como buscavam cobertura atrás dos cadáveres, permanecendo deitados imóveis de tempos em tempos para não serem descobertos pelo inimigo. Era lamentável a visão dessas criaturas abandonadas por Deus, tocaiadas pela morte e para as quais cada segundo era uma eternidade, agarrando-se com unhas e dentes ao seu mínimo de vida.

– Tudo certo? Não tem um pedaço de corda por aí? – o velho cabo gritou para a trincheira. – O velho carcamano está demorando demais para o meu gosto. Puxem-no para dentro!

Bem no meio da sua ordem, uma metralhadora disparou uma sequência de tiros. O ajoelhado diante do arame farpado parou, inclinou-se para trás como se fosse tomar impulso e caiu sobre o rosto. Atrás dele, a terra levantava pó por causa dos disparos, e os outros, bem mais longe, erguiam-se feito cobras. Em seguida, todos os três deram uma pequena corrida para a frente – e caíram deitados.

Por um instante, o capitão Marschner ficou sem fala; abriu a boca, mas nenhum som saiu de sua garganta. Finalmente, sua língua se soltou e ele gritou com um ódio tremendo:

– Tenente Weixler!

– Sim, capitão! – foi a resposta, relaxada.

Ele se abalou na direção do tenente com os punhos cerrados e o rosto afogueado.

– Você atirou? – ele perguntou, sem fôlego.

O tenente olhou espantado para ele, posicionou as mãos junto às costuras laterais da calça e disse, aprumado:

– Sim, capitão!

Mais uma vez Marschner ficou sem voz; seus dentes batiam.

– Que vergonha! – ele balbuciou com o corpo todo tremendo. – Um soldado não atira em feridos desarmados. Lembre-se disso!

Weixler empalideceu.

– Informo, capitão, que um dos que estavam perto não me deixava ver os outros. Não consegui poupá-lo – em seguida, com uma raiva crescente, acrescentou: – Também achei que já tínhamos bocas famintas o suficiente em casa.

Aproximando-se dele feito um cachorro bravo, o capitão bateu o pé e gritou:

– O que você acha não me interessa. Eu o proíbo de atirar em feridos! Enquanto eu for o comandante aqui, todo ferido é sagrado! Seja dos nossos, seja do inimigo! Entendeu?

O tenente retrucou, altivo:

– Então, peço que o senhor me passe essa ordem por escrito. Considero minha obrigação provocar o máximo possível de estragos no inimigo. Um homem que poupo hoje volta curado daqui a dois meses e, talvez, mate dez companheiros nossos.

Por um segundo, eles ficaram frente a frente, imóveis, encarando-se como dois lutadores entre a vida e a morte.

Em seguida, Marschner balançou levemente a cabeça e disse em voz baixa:

– Você vai receber por escrito!

O capitão deu meia-volta e saiu. Bolas coloridas dançavam diante de seus olhos e ele precisou juntar toda a sua força para não perder o equilíbrio e, quando finalmente chegou ao seu canto, desabou sobre a caixa de conservas. Seu ódio transformava-se lentamente num profundo e amargurado desânimo. Ele sabia muito bem que não tinha razão. Mas não em relação à sua consciência! Para ele, atirar em feridos era um assassinato covarde. Ali, entretanto, ele e sua consciência não tinham voz, estavam perdidos naquele lugar, tinham de suportar não ter razão. O que fazer? Se passasse a ordem por escrito, estaria presenteando Weixler com a desejada oportunidade de se promover, além de se colocar a si mesmo diante do corregedor. E não queria dar esse triunfo ao maldoso sujeito! Melhor encerrar as coisas por conta própria: apresentar-se diante do comando da brigada e dizer abertamente aos altos escalões que não conseguia mais assistir a pessoas sendo caçadas como animais desgarrados, independentemente do uniforme que envergavam. Pelo menos o jogo de esconde-esconde teria um fim. Eles que o fuzilassem ou o enforcassem como um criminoso comum. Ele lhes mostraria que sabia morrer.

Saiu com passos firmes, ordenou a um soldado que buscasse o tenente. Dentro dele tudo estava tão claro e tão sereno! Ele escutou o fogo infernal que os italianos voltavam a lançar sobre a trincheira e caminhou devagar, quase passeando, para a frente.

– Agora eles estão lançando granadas pesadas! – o velho cabo avisou, olhando agoniado para o capitão. Mas este prosseguiu, impassível diante do desespero suplicante. Nada disso lhe dizia mais respeito. O tenente estaria assumindo o comando. Era o que ele queria lhe dizer, mal podia esperar para se livrar da responsabilidade! E, como Weixler demorava, ele subiu o túnel até as posições de tiro.

Os olhos pequenos, ruins, encontraram-no, procurando a ordem escrita em suas mãos. Ele fez de conta que não percebeu o olhar inquisidor, ordenando com arrogância:

– Tenente, entrego-lhe agora o batalhão até...

Um silvo curto de intensidade descomunal cortou-lhe a palavra. Ele pressentiu: "Fui atingido!" e, no mesmo instante, enxergou algo como uma baleia preta vindo dos céus, caindo de cabeça na parede da trincheira atrás dele... em seguida, uma cratera abriu-se no chão, um mar de chamas que o ergueu e insuflou fogo em seus pulmões.

Ao voltar a si, aos poucos, ele estava enterrado sob uma montanha de terra. Apenas a cabeça e o braço direito estavam livres; não sentia mais os outros membros. Seu corpo tinha perdido seu peso, ele não encontrava as pernas, não havia nada que pudesse movimentar, apenas um ardor e uma agitação que acabava chegando ao seu cérebro, queimando a testa e inchando a língua como uma bolota grande e sufocante.

– Água – ele gemeu. – Não havia ninguém para lhe colocar um gole de água na boca queimada? Ninguém?... Onde estava Weixler? Devia estar por perto, ou? Ou será que ele... no final também se feriu?... Ele queria se levantar, saber o que tinha acontecido com Weixler... ele queria...

Como um guindaste sobrecarregado, esforçou-se para fazer com que sua mão esquerda tocasse a cabeça e, quando finalmente conseguiu metê-la debaixo da nuca, sentiu, aterrorizado, que faltava a dura resistência do crânio e que havia tocado uma massa quente e mole, e seus cabelos, emaranhados com o sangue coagulado, grudavam em seus dedos como feltro quente.

"Vou morrer!" O pensamento gelado perpassou-o. "Vou morrer aqui, sozinho..." E Weixler? Ele tinha de descobrir o que havia acontecido com ele... tinha de descobrir!

Fazendo um esforço sobre-humano, apoiou a cabeça com a mão esquerda, tão alto quanto possível, de maneira que conseguiu enxergar alguns passos adiante da trincheira. E foi então que viu Weixler, de costas para ele, com o braço direito encostado na parede, torto, a mão esquerda pressionando a barriga, os ombros erguidos, como num acesso. Ele se ergueu mais um pouco, enxergou o chão e a sombra larga, escura, que Weixler fazia. Sangue?... Ele estava sangrando!... Ou?... Aquilo era sangue!... Só podia ser sangue... E se esticou de uma maneira bem estranha, foi subindo como um fio vermelho e fino até Weixler, lá, onde ele estava segurando a barriga... como se estivesse querendo arrancar as raízes que o prendiam à terra.

Ele tinha de ver!... Jogou a cabeça para a frente... e soltou um grito agonizante, um grito de susto, quando percebeu que o infeliz puxava suas entranhas atrás de si.

– Weixler! – ele gritou, tomado por uma fervorosa compaixão.

O homem se voltou devagar, o olhar indagativo – pálido, triste, de olhos assustados –, voltou-se para baixo, na direção de Marschner. Permaneceu assim por apenas uma fração de segundo, depois perdeu o equilíbrio, cambaleou e caiu, sumindo do campo de visão do capitão. Seus olhares mal tiveram tempo de se cruzar, apenas o rosto lívido apareceu rapidamente. Mas, mesmo assim, ele estava lá; ficou preso no ar, com uma expressão amena, suave, queixosa ao redor dos lábios finos, com um inesquecível semblante de entrega amedrontada e terna.

– Ele está sofrendo! – Marschner percebeu. – Está sofrendo! – ele exultou. E um brilho recobriu sua palidez, seus dedos cheios de sangue pareciam acariciar o ar... até que a cabeça tombou para trás e os olhos se fecharam.

Os primeiros soldados que finalmente superaram o monte de terra e conseguiram chegar até ele encontraram-no já desalmado. Ao redor de sua boca, apesar do ferimento grave, pairava um sorriso satisfeito, quase feliz.

O vencedor

Na grande praça diante da velha prefeitura, que agora servia como sede do Comando Superior do Exército e carregava as três letras mágicas A.O.K.[2] como um símbolo cabalístico na fachada, uma capela militar tocava das três às quatro da tarde por ordem de Sua Excelência.

Essa pequena diversão devia servir à população civil como uma indenização pelos muitos inevitáveis transtornos trazidos pelo aquartelamento de uma centena de oficiais graduados e uma série de outros de menor patente. Segundo a opinião de Sua Excelência, esses eventos também contribuíam muito para o apreço do Exército e estimulavam o patriotismo dos jovens em idade escolar e da massa no geral. Sem esquecer seus privilégios, o severo comandante em chefe considerava absolutamente essencial cuidar da boa atmosfera entre o público e do bom relacionamento

2 Sigla que se refere a um conhecido instituto de previdência da Alemanha.

entre os militares e as autoridades civis. Além disso, o fato de os generais, com Sua Excelência à frente, tomarem seu café a essa hora contribuiu de maneira não irrelevante para a introdução desses concertos vespertinos.

Era muito confortável sentar-se sob os plátanos centenários de copas gigantes que se entrelaçavam e cobriam a praça inteira como a nave de uma igreja. O sol de outono iluminava com seu brilho fosco os muros ao redor e, através da folhagem densa, salpicava anéis dourados (como se tivesse passado pelas antigas janelas de vidros redondos) sobre as mesinhas do café. Havia uma fila extra para os generais, de mesas cobertas com toalhas branquíssimas, com pequenos vasos de flores e bolos frescos, crocantes, que um soldado se encarregava de buscar diariamente, às três horas, na grande padaria de campanha, onde eram especialmente preparados para Sua Excelência e seu grupo de café e com o cuidado adequado, sob supervisão pessoal do comandante.

A imagem era bonita, divertida. Uma verdadeira animação de cidade grande ao redor do pavilhão de música, tão cheia de vida e despreocupada como no centro de Viena, na mais profunda paz de um belo domingo de outono. As crianças circundavam respeitosamente a orquestra, acompanhavam o ritmo e aplaudiam satisfeitas após cada peça. Os jovens circulavam nas ruas que desembocavam na praça – garotas risonhas e ginasianos de boinas coloridas. Enquanto isso, a *haute volée*, as mulheres do grupo dos funcionários públicos e comerciantes, sentava-se na confeitaria vizinha esperando para diligentemente se indignar com os chapéus divertidos, as meias transparentes e as saias que quase deixavam os joelhos à mostra de certa classe de mulheres que havia chegado à cidade e, apesar de todos os protestos e ordens, exercia seu negócio à luz do dia, sem pudor.

As notas principais, porém, eram dadas pelos oficiais em trânsito. Todos os que saíam de férias ou que retornavam à tropa precisavam passar pela cidade e aproveitavam integralmente os primeiros ou os últimos dias. Por menor que fosse a necessidade no front, pregos para os cascos dos cavalos, sabão de sela, produtos médicos – tudo podia ser comprado lá, nessa primeira pequena cidade grande. Os que tinham azar ou não eram muito queridos recebiam uma condecoração por seu ato de heroísmo e só. Mas a recompensa de quem caía nas graças de seu comandante era ser enviado à cidade para fazer compras. Pouco a pouco se desenvolveu por ali uma incrível habilidade em descobrir necessidades urgentes, e existia claramente uma misteriosa relação matemática entre o consumo de carvão, graxa ferroviária etc. por tropas individuais e a distância do lugar onde estavam estacionados até aquela apreciada escala.

Afinal, a diversão não durava muito. Justo o tempo para tomar um banho quente de banheira, desfilar uma vez pelas ruas principais suas melhores peças de uniforme recém-passadas, duas refeições às mesas de toalhas brancas, uma noite curta numa cama de verdade com ou, se fosse inescapável, sem carícias; depois era voltar, desanimado e com uma irritação nervosa, à estação de trem lotada e ao front, ao buraco úmido na terra ou à construção de blocos abraseada pelo sol.

A ânsia de viver desses jovens oficiais que flanavam pela cidadezinha com olhos famintos, uma pressa no sangue – como o mergulhador, que num instante enche os pulmões –, tinha contaminado todo aquele lugarejo tedioso. Ele borbulhava, espumava, enriquecia e se tornava animado; não se fartava das sensações, já que, de repente, estava no centro dos acontecimentos mundiais e tinha direito a eventos.

Também nos dias úteis, a massa vinha ter com a música: pessoas com roupas e humor de festa eram envolvidas pelos ritmos da valsa *Danúbio azul*, que a orquestra executava arrebatadoramente com tambores e pratos. Tudo transcorria como por detrás dos bastidores de uma grande casa de espetáculos durante a apresentação de uma tragédia, com coros e cortejos de pessoas. Não se via nem ouvia nada do primeiro ato sangrento que estava ocorrendo na frente. O rosto dos atores relaxava no fundo do palco; eles corriam, espalhavam-se em meio à confusão colorida, alegres por nada saber do progresso da tragédia, exatamente como os atores profissionais também retornam à sua existência burguesa até a próxima entrada.

Quem assistia a esse bulício, sentado à sombra das velhas árvores, com cigarros e charutos, podia facilmente ser vítima da ilusão de que também o drama que estava sendo encenado lá no front não passava de uma divertida peça de teatro. Visto dali, o conjunto todo da guerra apresentava-se como uma energia vitalizadora, que patrocinava grupos de música, trazia dinheiro e animação às pessoas, feita por oficiais a passeio e dirigida por sossegados generais. Não se via nada de seu lado sangrento! Nenhum trovoar de tiros chegava aos ouvidos, nenhum ferido carregava sua miséria pessoal como nota dissonante para atrapalhar a coletiva alegria de viver.

Certamente nem sempre foi assim. Nos primeiros dias, quando o diário concerto vespertino ainda tinha a graça da novidade, todas as instituições médicas, os hospitais básicos, os de emergência e os de reserva despejavam seu enorme provimento de reconvalescentes e feridos leves nas ruas da cidade. Mas isso durou apenas dois dias. Em seguida, Sua Excelência chamou o médico-chefe das tropas para uma breve audiência e explicou, com palavras duras, ao arrependido pecador, como tal visão influenciava desfavoravelmente a atmosfera do público. Ele expressou seu desejo de que todos que andassem com bandagens, tivessem qualquer tipo de aleijamento ou que pudessem gerar um efeito deprimente na satisfação geral com a guerra deveriam, a partir de então, ficar concentrados nos hospitais.

E não foi decepcionado em seu desejo! Nada mais de desagradável nublava seu divertimento quando ele – com seu amado charuto Virginia entre os dentes – olhava para a rua, por sobre a extensa fila de seus subordinados. Ninguém passava por lá sem lançar um olhar tímido e respeitoso ao todo-poderoso líder de batalhas, que, como outros mortais, bebericava seu café, apesar de ser o famoso general X, de poder ilimitado sobre centenas de milhares de vidas, que os jornais gostavam de chamar de "O Vitorioso de ***". Não havia nenhum destino nessa cidade que ele não pudesse reverter com uma penada – nada que ele não pudesse favorecer ou exterminar. Cair em sua graça significava mercadorias e riquezas ou condecorações e promoções; sua desgraça, falta de perspectiva ou uma caminhada à morte certa.

Confortavelmente recostado na grande poltrona de vime que prometia se tornar histórica algum dia, o poderoso estava rindo e brincando com a mulher do chefe do estado-maior. Ele apontou com a mão para a rua, onde a massa caminhava sob o sol ofuscante, e disse com uma animação plena e triunfal na voz:

– Ali! Eu gostaria de mostrar essa movimentação aos pacifistas, que sempre agem como se a guerra não fosse nada além de uma carnificina nojenta. A senhora devia ter visto esse lugar nos tempos de paz. De dar sono! O mascate da esquina hoje ganha mais dinheiro do que o grande comerciante ganhava antes. E a senhora já deu uma olhada nos jovens que vêm do front? Bronzeados de sol, saudáveis e felizes! A maioria ficava metida numa chancelaria qualquer em tempos de paz; flácidos, branquelos, entediados.

Acredite, o mundo nunca esteve tão saudável quanto agora. Mas, se a senhora pegar um jornal nas mãos, vai ler sobre uma catástrofe mundial; o sangramento da Europa e tudo o mais que as pessoas vão escrevendo...

As sobrancelhas grossas, brancas, arquearam-se até a metade da testa muito pronunciada; os olhos pretos, pequenos e lancinantes corriam pelo rosto dos presentes, observando-os.

A sugestão de Sua Excelência foi imediatamente aceita. Em todas as mesas, as conversas pegaram fogo, o efeito benéfico da guerra foi exaltado, os brincalhões começaram com as considerações piadistas sobre o blá-blá-blá dos amigos da paz. Não havia ninguém na roda a quem a guerra não tivesse brindado com ao menos duas condecorações, despreocupação material e um maravilhoso estilo de vida – tudo o que em tempos de paz estava reservado apenas aos magnatas. Nesse círculo, a guerra usava a máscara do servo Rupprecht[3], com um saco cheio de presentes nas costas e a indicação de uma carreira brilhante na mão. É claro que um ou outro trazia um símbolo de luto na manga, pelo irmão ou cunhado – que, como oficial, tinha visto o outro lado da face da guerra, a face de Górgona. Mas essa face estava tão longe, a mais de 60 quilômetros em linha reta, e uma eventual excursão para perto dela era apenas um nervosismo rápido, uma experiência emocionante. Em uma hora, o carro voltava correndo para a segurança, para a banheira; e as pessoas voltavam a circular de botinhas pelas ruas asfaltadas. Nessas circunstâncias, quem não concordaria com o hino de louvor de Sua Excelência?

O poderoso ficou um tempo prestando atenção no burburinho de vozes que suas palavras tinham gerado e, pouco

3 Figura que acompanha São Nicolau em sua visita às crianças em 6 de dezembro, durante a entrega de presentes.

a pouco, voltou aos próprios pensamentos. Ele mantinha o semblante sério, viu os anéis do sol que, atravessando o telhado móvel de folhas, caíam sobre ele, brilhando sobre as cruzes e estrelas que cobriam seu peito em três grossas fileiras. Aquilo que havia para ser entregue pelos governantes de quatro impérios em nome de heroísmo, bravura e honra ao mérito estava ali em sua coleção completa. Não havia distinção que o "Vitorioso de ***" ainda pudesse almejar. E tudo aquilo tinha sido resultado de onze curtos meses de guerra; tratava-se da colheita de um único ano de guerra. Ele passara os 39 anos anteriores de serviço numa monótona rotina, exaurindo-se na eterna luta contra preocupações cotidianas menores; cansara-se de se esfalfar com todas as dificuldades de uma desesperançada existência pequeno-burguesa, que se parece com os esforços lamentáveis de um pobre vexado tentando esconder de mil jeitos o defeito de sua roupa, mas o buraco traiçoeiro não para de aparecer sob o remendo. Durante 39 anos, ele tinha exercitado incansavelmente a moderação, com muito ouro sobre o uniforme e muito pouco no bolso. Na verdade, já estava disposto a pedir baixa, absolutamente farto da diversão barata de se portar como Nero no campo de treinamento e tiranizar os jovens oficiais. E daí veio o milagre! Num piscar de olhos o velho rabugento tinha se transformado num tipo de herói nacional, uma personalidade europeia, tinha se tornado "O Vitorioso de ***". Igual ao conto de fadas, quando a fada boa aparece e liberta o príncipe amaldiçoado de sua terrível prisão, para que ele, jovem e radiante, volte a morar no seu maravilhoso castelo, rodeado de lacaios e cavaleiros.

Faltavam a ele a juventude e o brilho, mas Sua Excelência tinha recuperado a flexibilidade, o ano movimentado o havia animado; ele sentia pulsar em suas veias a vontade de viver e a disposição ao trabalho de um homem de 40 anos. À sombra dos plátanos, ele sentava-se como o maioral; a felicidade em seu peito refletia com brilho o sol – e uma cidade estava a seus pés! Não faltava nada, nada mesmo, para completar o conto de fadas. O animal gigante, cinzento, dormitava diante do café, vigiado por dois subalternos, com o pulmão de cem cavalos em seu tórax, aguardando o engate da marcha para levar seu senhor, como um raio, até seu castelo, bem acima da cidade e do vale. Onde tinha ficado aquele tempo em que voltava para casa com as faixas de general na calça, de bonde, ao apartamento normal de seis cômodos, que na verdade eram cinco com mais um quartinho? Onde tinha ficado tudo isso?... Séculos haviam oferecido suas forças mais nobres, gerações empregaram seu senso artístico para preencher o castelo – que, agora, tinha sido requisitado para Sua Excelência, o comandante em chefe do ** Exército – com os tesouros mais ricos. O sol e o tempo haviam trabalhado incansavelmente até que todo o esplendor da riqueza reunida fosse ajustado a um fausto bem-temperado, que reluzia como através de um véu delicadamente urdido. Quem diariamente subia a imponente escada, na qualidade de senhor da casa, anunciando suas vontades em voz alta pelas salas elegantemente sonolentas não tinha como não considerar a guerra um conto de fadas maravilhoso.

Será que algum outro paço havia sido tocado mais de perto pelo milagre? Na cozinha, reinava um mestre em sua arte: o chef do melhor hotel do país – que outrora não se satisfaria com o dobro do salário do general – por meros 50 *hellers* diários; mesmo assim, aplicava toda a sua arte: nunca se esforçara tanto para deliciar o paladar daquele a quem servia! Seu assado era o pedaço mais bonito de carne dos duzentos bois que diariamente davam a vida pela pátria nos domínios do Exército, escolhido com o maior cuidado! Os honrados homens que traziam o prato em baixelas de prata – fabricadas por discípulos de Benvenuto para os ancestrais da casa – eram os generais da ordem dos garçons; em tempos de paz, encomendavam seus fraques em Londres e, agora, como cumins repreendidos, esperavam tremendo os acenos do chef! E todo esse abastecimento, essa organização doméstica principesca, funcionava automaticamente e... totalmente sem dinheiro! Sem que o senhor, que era o destinatário de tudo aquilo, tivesse de ter realizado o movimento, antes tão necessário, de colocar a mão no bolso. A gasolina circulava incessantemente nas veias dos três caminhões, que dia e noite se esbaldavam no piso de mármore do pátio do castelo; tudo o que deleitava os olhos e a boca surgia como que trazido por mãos de fada. Nenhum empregado exigia seu salário, tudo parecia estar naturalmente lá, como nos castelos encantados, onde cada desejo carrega a força de se realizar.

E não era apenas a "mesa mágica"[4] que tinha se tornado um acontecimento, uma realidade séria e palpável. O milagre não se esgotara ao encher todas as despensas durante 29 dias. No trigésimo dia, ele também se aproveitou do asno que cuspia ouro: em vez de contas de fornecedores, cédulas de dinheiro voavam para dentro de casa. Em vez de lidarem com discussões, brigas e a necessária sovinice, as pessoas enchiam, entediadas, os bolsos com as notas, que eram totalmente supérfluas naquela Cocanha que a guerra havia aberto a seus vassalos.

Uma única nuvem escura passava vez ou outra no firmamento reluzente dessa terra milagrosa, lançando sua sombra na testa de Sua Excelência. A pura alegria era atrapalhada pela ideia de que o conto de fadas pudesse não ser realidade; o medo de ter de acordar certo dia desse sonho maravilhoso. O senhor supremo não temia a paz. Ele

---

4 Referência ao conto dos irmãos Grimm "A mesa mágica, o asno de ouro e o porrete ensacado".

nem pensava nela. Mas e se o muro, construído engenhosamente com corpos humanos, acabasse por estremecer? E se o inimigo ultrapassasse todas as barreiras, a disciplina cedesse seu lugar ao pânico e o poderoso muro se quebrasse em partes, dissolvido em homens aterrorizados, fugindo para salvar a própria vida?

Então, o "Vitorioso de ***", o todo-poderoso rei dos contos de fadas, voltaria ao seu cotidiano sem graça, teria de se esconder num lugar qualquer, consumir discretamente sua pensão, meter seus troféus num apartamento modesto e se contentar, juntamente com outros exonerados, em ser o maioral das suas reuniões! Um fracasso... e o mundo se esquece num instante do que gostava antes; algum outro se muda para o castelo, algum outro cruza a cidade como o grande senhor no caminhão, a tropa gigantesca olha humilhada para o novo patrão, e o velho se transforma na anedota, um espantalho que todo pardal atrevido vem sujar!

A mão pequena, carnuda, cerrou-se involuntariamente, e a temida ruga sobre a base do nariz, o "sinal de tempestade" que tanto os próprios soldados quanto o inimigo temiam, ficou mais funda por um instante. Em seguida, o rosto desanuviou-se de novo e Sua Excelência olhou em volta, cheio de orgulho.

Não! O "Vitorioso de ***" não tinha medo. Seu muro era forte e não balançava. Durante três meses, toda notícia recebida dava conta dos enormes preparativos feitos nos campos inimigos. Durante três meses, o outro lado havia armazenado munição e juntado forças para o ataque monstro que naquela noite havia sido disparado. O general já sabia aquilo que a massa de pessoas, que fervilhava alegremente ao sol, leria apenas na manhã seguinte nos jornais – que uma amarga batalha estava sendo travada havia vinte horas no front; que, a nem 60 quilômetros dos concertos de rua, a artilharia estava em ação e uma chuva grossa de ferro em brasa caía zunindo sobre seus soldados. Os relatos matutinos anunciaram três ataques de infantaria totalmente rechaçados e, agora, a artilharia martelava com máxima fúria, como introdução a novas batalhas durante a noite.

Bem, que viessem!

Sua Excelência ergueu-se com um impulso e seu olhar pareceu espantado, como se pudesse escutar – enquanto seus dedos tamborilavam sobre o tampo da mesa, nervosos, o ritmo da valsa *Danúbio azul* – o fogo de barragem que estrepitava no front como vento de tempestade. Seus preparativos tinham sido feitos: o reservatório de homens estava lotado a ponto de transbordar! Duas vezes cem mil jovens fortes, dos anos mais seletos, aguardavam atrás das linhas o momento apropriado para serem jogados diante do rolo compressor, até este atolar num lamaçal de sangue e ossos. Que viessem; quanto mais fortes, melhor. O "Vitorioso de ***" estava disposto a acrescentar mais um ramo na sua coroa de louros, e seus olhos faiscavam como as muitas medalhas de bravura sobre seu peito.

Nesse instante, seu ordenança ergueu-se da mesa vizinha, aproximou-se hesitante e lhe sussurrou algumas palavras.

O grande senhor balançou a cabeça, numa negativa.

– Trata-se de um importante jornal estrangeiro, Excelência! – o ordenança insistiu, acrescentando de maneira enfática, enquanto o chefe ainda acenava energicamente um não: – O homem trouxe uma carta de recomendação do quartel-general, Excelência.

O general finalmente parou de resistir, ergueu-se suspirando e disse, meio na brincadeira, meio sério, para sua vizinha de mesa:

– Eu preferiria um ataque de metralhadora!

E foi atrás do seu ordenança, esticou a mão jovialmente para o civil careca, que se ergueu num salto e curvou-se ao meio como um canivete dobrável, convidando-o para se sentar.

O jornalista balbuciou algumas palavras de admiração e abriu, conforme o esperado, seu caderno de anotações; tinha uma série de perguntas na ponta da língua. Mas o grande senhor não o deixou tomar a palavra. Para situações como aquela, ele havia preparado – ao longo do tempo – algumas afirmações inocentes, bem pensadas, e começou sua fala, com entonação firme e breves pausas de reflexão.

Ele começou enaltecendo seus bravos soldados, elogiou sua coragem, seu desdém pela morte, seus feitos incríveis. Em seguida, expressou seu lamento sobre a impossibilidade de recompensar individualmente cada um desses heróis e exigiu da pátria – erguendo a voz – gratidão eterna por tamanha fidelidade e abnegação até a morte. Explicou, com o dedo apontando para o mar de medalhas, que as honrarias entregues a ele eram de seus soldados. Por fim, ainda introduziu algumas palavras elogiosas cuidadosamente escolhidas sobre a capacidade de luta dos soldados inimigos e a cautela de sua liderança. E encerrou com a expressão de sua inabalável confiança na vitória final.

O jornalista escutou com atenção e, apenas de vez em quando, fazia uma anotação. Afinal, o principal era a presença do poderoso, observar seu jeito de falar, seus gestos; apreender sua personalidade em poucos traços, marcantes.

Logo depois de encerrada sua fala, Sua Excelência abandonou seu caráter militar. De "Vitorioso de ***", tornou-se homem do mundo.

– O senhor vai ao front agora? – ele perguntou com um sorriso amável e respondeu ao "sim" entusiasmado do escritor com um suspiro profundo, melancólico. – O senhor é um felizardo! Só posso invejá-lo. Veja, essa é a característica trágica do comandante dos dias de hoje: ele não pode mais conduzir pessoalmente suas tropas à linha de fogo! Ele se preparou durante toda a vida para a guerra, é soldado de corpo e alma, mas só conhece as excitações da batalha por ouvir dizer...

O jornalista, que estava bastante animado pela afirmação subjetiva que tinha conseguido arrancar, considerando absolutamente adequado mostrar o comandante todo-poderoso no papel vencedor daquele que renuncia, que não podia realizar todos os seus desejos, curvou-se sobre seu caderno de anotações por um instante. Ao erguer o olhar novamente, percebeu, para seu espanto, que o rosto de Sua Excelência estava completamente mudado. A testa encontrava-se toda franzida; os olhos encaravam, bem arregalados, cheios de expectativa, algo atrás do entrevistador. Este virou-se rapidamente e viu um capitão de infantaria pálido, esmaecido, com um curioso andar cambaleante, que se aproximava sorrindo de Sua Excelência. Ele estava cada vez mais próximo, encarando com olhos muito redondos e vítreos e rindo um riso feio, parvo. O ordenança ergueu-se assustado de sua mesa, as veias de Sua Excelência inchavam como cordas na sua testa. O jornalista previu um atentado e empalideceu. O tenebroso capitão veio cambando até meio passo diante dos dois. Em seguida, parou, soltou risadinhas idiotas e colocou a mão – como uma criança que tenta pegar a luz – no monte de medalhas de Sua Excelência.

– Muito bonito... que brilho bonito! – balbuciou com a língua pesada. Depois, apontou seu dedo magro, trêmulo, para o sol e grunhiu: – Sol! – E colocou a mão novamente nas medalhas e repetiu: – Que brilho bonito! – Enquanto isso, seu olhar inquieto zanzava para lá e para cá, como que à procura de algo, e o sorriso feio, animalesco, repetia-se após cada palavra.

A mão direita de Sua Excelência estava erguida a fim de empurrar o peito do homem que se aproximava com tamanho desrespeito. Mas ela pousou sobre o ombro do pobre louco, acalmando-o.

– Você deve ter vindo do hospital para a música, não é, capitão? – ele disse, fazendo um sinal ao ordenança com as sobrancelhas. – De bonde, o hospital fica longe. Vá no meu carro, é mais rápido.

– Carro... rápido!... – o louco ecoou com seu sorriso feio, permitiu pacientemente ser conduzido para fora pelo braço. Ele se virou mais uma vez, sorrindo, em direção às medalhas brilhantes. Em seguida, o ordenança puxou-o consigo.

O olhar do general acompanhou-os até entrarem no carro. Entre suas sobrancelhas havia, ameaçando algo terrível, o "sinal de tempestade". Ele estava cozinhando de raiva pelo incrível desleixo de se deixar um homem assim andar livremente! A tempo, porém, lembrou-se do civil ao seu lado, controlando-se. E disse, dando de ombros:

– Sim! Esses são os lados tristes da guerra. Veja, exatamente por isso o líder precisa ficar bem atrás, onde nada atinge seu coração. Nenhum general conseguiria ter a dureza necessária se fosse obrigado a assistir a toda a miséria das primeiras linhas.

– Muito interessante! – o jornalista comentou, agradecido. Fez mais uma breve anotação e fechou o caderno. Ele expressou o temor de ter tomado muito do precioso tempo de Sua Excelência. E pediu permissão para fazer uma última pergunta.

– Quando o senhor acredita que podemos ter esperança de paz?

O general estremeceu, mordeu o lábio inferior e olhou para o lado com um olhar que faria qualquer um de seus soldados se enterrar no chão. Com um visível esforço, ele sorriu amavelmente mais uma vez, apontou através da praça para o portal aberto da antiga basílica:

– Só posso aconselhá-lo a ir até lá e perguntar ao Nosso Senhor! Ele é o único que pode lhe responder.

Quando entrou no prédio, a temida ruga estava profundamente sulcada em sua testa. Um trêmulo ordenança acompanhou-o até a sala do médico-chefe do Exército. Todos no lugar seguraram a respiração durante um minuto, enquanto a voz do todo-poderoso ecoava pelos corredores. Ele mandou o honrado e idoso médico-chefe sentar-se à sua mesa como se fosse um escrivão e lhe ditou um decreto no qual proibia expressamente a todo e qualquer interno dos hospitais, independentemente se doente ou ferido, sem diferenciação de patente, ultrapassar os muros dessas instituições.

– Pois – assim ele terminava a lei – quem está doente precisa ficar de cama; e quem se sente suficientemente forte para ir à cidade e se sentar num café deve se alistar para o front mais uma vez, onde a obrigação o chama...

O andar para cima e para baixo com as esporas tilintando, a descompostura no velho doutor, todo encolhido, tinham suavizado sua ira. A tempestade estava superada, mas um acaso infeliz fez que ele recebesse o informe da brigada mais acossada pelo inimigo que tinha sofrido pesadas perdas e era mantida em ação apenas para tornar o avanço do oponente o mais custoso possível. Minas já tinham sido colocadas atrás dela; desde o dia anterior, toda uma divisão, fresquíssima, encontrava-se metida em casamatas subterrâneas a fim de fazer uma pequena surpresa aos inimigos que se aproximavam, felizes com sua vitória. Claro que o general não havia dito ao chefe da brigada, com todas as letras, que ele se encontrava numa posição perdida e que sua tarefa não era outra além de vender muito caro a própria pele. Quanto mais durassem as escaramuças, melhor! E as pessoas lutavam com mais tenacidade enquanto aguardavam, até o último minuto, por reforços.

Sua Excelência havia deliberado tudo isso, pessoalmente; no fundo, sentia-se muito contente pelo fato de a brigada ainda estar resistindo após três ataques fortíssimos da infantaria. Entretanto, estava diante de uma notícia que contradizia todas as tradições soldadescas e que fazia ressurgir a tempestade adormecida.

Esse major-general – Sua Excelência queria guardar exatamente seu nome, para qualquer eventualidade – explicava, com uma verborragia e um nervosismo nada militares, o efeito terrível do fogo de barragem; em vez de se limitar a dados objetivos, declarou sua brigada por dizimada, disse que a capacidade de resistência de sua tropa estava esgotada e, por fim, solicitava reforços urgentes, visto que lhe seria impossível, com o restante dos seus homens, manter a posição diante dos próximos ataques noturnos.

– Impossível manter?... Impossível? – Como uma fanfarra, Sua Excelência martelava essa frase nos ouvidos dos homens reunidos ao seu redor. – Impossível? – Desde quando ele tinha de ser ensinado sobre o que era "possível"?

Vermelhíssimo de indignação, ele pegou a pena na mão e escreveu como resposta uma única frase sobre o relato: "A posição será mantida!". Abaixo, assinou seu nome, com os grandes riscos inclinados, que toda criança em idade escolar conhecia dos cartões-postais com o retrato do "Vitorioso de ***". Ele próprio colocou o envelope nas mãos do motociclista que o levaria até a estação de rádio, visto que os fios de telefone da brigada em questão, havia muito, tinham sido derrubados. Em seguida, passou espumando como uma nuvem de tempestade por todas as salas, ficou por meia hora no salão de carteado, reuniu-se rapidamente com o chefe de seu estado-maior e pediu que os relatos da noite lhe fossem entregues no castelo.

Quando finalmente soltou seu "boa noite, senhores" no grande salão, todos suspiraram aliviados. A sentinela ficou em posição de sentido, o motorista ligou o motor e a grande máquina ganhou a rua rosnando como um animal selvagem. Soltando fumaça, com as sirenes ligadas, ela avançava rapidamente pelas vielas estreitas em direção ao campo, onde o castelo, com a fiada de pérolas que eram suas janelas acesas, olhava para o vale enevoado como o palácio de um conto de fadas.

Bem protegido pelo seu colarinho, Sua Excelência estava sentado pensativo no carro e, como sempre a essa hora, relembrou todos os acontecimentos do dia. O jornalista também lhe voltou à mente, assim como a pergunta desajeitada: – Quando o senhor acredita que podemos ter esperança de paz? – "Esperança"... Incrível que um homem desses, que devia ter algum destaque em sua profissão – senão não teria trazido a carta de recomendação do quartel-general –, afrontasse com tanta falta de noção todo e qualquer sentimento de soldado? Ter esperança de paz? O que um general podia esperar de bom da paz? Um civil não conseguia compreender que um general só comanda de verdade na guerra e que, durante os tempos de paz, não passa de um tipo de professor severo de colarinho dourado; um figurante que, de tanta monotonia, berra até ficar rouco. E ele tinha de ansiar por aquele ramerrão novamente? Tinha de "ter esperança" – para agradar ao jornalista – em voltar àquele tempo em que o vitorioso líder do Exército *** seria convocado apenas para exibições? Tinha de aguardar liderar novamente aquela batalha inglória entre um soldo muito baixo e uma vida polida para estar sempre brilhante, vida na qual a falta de dinheiro ganhava sempre, mês após mês?

Irritado, o general recostou-se na almofada e assustou-se quando o carro parou de repente no meio da rua. Ele estava em vias de perguntar pelo ocorrido ao motorista quando as primeiras gotas caíram sobre a aba de seu quepe. Tratava-se da mesma tempestade que tinha oferecido uma breve pausa ao pessoal do front naquela tarde.

Os dois suboficiais tinham saltado e esticavam, com movimentos rápidos, uma proteção sobre o carro. Sua Excelência tinha se aprumado, protegia uma orelha ao vento e ouvia, atento. No ruído, misturava-se com muita clareza, mas muito, muito baixinho, um zumbido abafado, um latejar oco, quase inaudível, como o eco distante dos madeireiros na floresta.

O fogo de barragem!

Os olhos de Sua Excelência brilharam, o rosto irritado mostrou rapidamente um laivo de satisfação.

Graças a Deus! Ainda havia guerra.

O companheiro – um diário

A guerra também me presenteou com um companheiro. Você nunca encontrará alguém melhor.

Passaram-se exatamente catorze meses desde que o conheci, numa pequena floresta perto da estrada para Gorizia. Desde então, ele não se afastou de mim nem por um instante! Já passamos centenas de noites em vigília juntos e ele continua marchando impávido ao meu lado, como na canção: seguindo meus passos.

Não que ele fosse invasivo! Ao contrário. Como soldado raso, ele mantém estritamente a distância que o separa do oficial a ser honrado. Sempre permanece a três passos de distância, conforme o regulamento. Respeitosamente num canto ou apertado atrás de uma coluna, é apenas seu olhar que ele ousa me fazer acompanhar, timidamente.

Quer apenas estar por perto. Não exige mais do que eu suportar sua proximidade – sempre e em todo lugar! Às vezes, quando fecho os olhos para estar a sós novamente, a sós por alguns minutos apenas comigo mesmo, assim como antes da guerra, então ele me encara do seu canto com tamanha obstinação, tão cheia de reprimenda, que seu olhar queima minhas costas, se aninha debaixo de minhas pálpebras, me inunda de tal maneira com sua imagem que eu me volto para a sua direção, curioso, quando ele passa um tempo sem me lembrar de sua presença.

Ele foi desbastando seu caminho até mim, me transformou em sua casa; está sentado dentro de mim como o misterioso mágico dos teatros de luz na caixa preta, que fica sobre a cabeça dos espectadores e lança sua imagem através de meus olhos em cada muro, cada cortina, cada superfície que apanha meu olhar.

Mas também onde não há cenário para sua imagem, mesmo quando eu olho ao longe pela janela, tenso, a fim de me livrar dele por pouco tempo – mesmo então ele está presente, pairando na minha frente, como se sua figura estivesse espetada na lança invisível de meus olhares, como uma bandeira de igreja, balançando diante da procissão. Se houvesse raios X capazes de atravessar os ossos do crânio, encontraríamos sua figura, levemente desfocada – como as figuras de gobelinos antigos –, entretecida no meu cérebro.

Lembro-me de uma viagem em tempos de paz, de Munique a Viena, no Expresso do Oriente, passando pelos lagos bávaros, pela folhagem dourada do bosque de Viena que murchava na suavidade do outono. E sobre todas essas belezas, que eu fruía confortavelmente instalado e embebido em deliciosa satisfação, corria persistentemente um feio ponto preto: uma bolha de ar no vidro do meu compartimento. Dessa maneira, meu companheiro também corre por florestas e muros, para, quando paro, dançar sobre o rosto de um passante, sobre o asfalto úmido pela chuva, sobre tudo o que meu olhar esquadrinha; se mete entre minha pessoa e o mundo, como aquela bolha de ar degradava tudo à minha frente no seu próprio cenário.

Os médicos, evidentemente, têm outra interpretação. Eles não acham que ele mora dentro de mim e me é fiel. Do ponto de vista científico, era minha responsabilidade não ficar mais puxando-o atrás de mim, encerrar o companheirismo, assim como, naquela viagem, eu baixei, nervoso, a janela com a bolha irritante. Os médicos não acreditam que uma pessoa se junte a outra na morte, que consiga continuar dividindo sua vida com a outra em constante amargura. Eles acham: quem está junto à janela deveria avistar a casa em frente; mas nunca a parede do quarto que está atrás de suas costas.

Os médicos acreditam apenas em coisas que são. Que carregamos mortos dentro de nós, que podem se colocar de tal maneira a encobrir um quadro que está atrás deles: os médicos não acreditam nessas superstições. Afinal, em suas vidas a morte não tem importância, pois um doente que morrer simplesmente cessa de estar doente. E o que sabe o dia da noite, que sempre o sucede?

Sei, porém, que não carrego de maneira violenta o companheiro morto pela minha vida. Sei que o morto vive mais forte em mim do que eu mesmo! Pode ser que as figuras que passam velozmente pelos tapetes, que ficam paradas nos cantos, que olham da varanda escura para o quarto iluminado e batem à janela tão alto que dá para ouvir o vidro estalar sejam apenas visões e nada mais. De onde vêm?... Meu cérebro gera a imagem, meus olhos realizam a projeção – mas a manivela é acionada pelo morto! Ele é o montador do filme; a sessão começa se ele quiser e não para antes de ele mexer na manivela. Como eu não poderia ver o que ele me mostra? Se fechar os olhos, a imagem cai na parte interna de minhas pálpebras e o drama transcorre dentro de mim, em vez de dançar ao longe, sobre portas e papel de parede.

Eu deveria ser o mais forte, é isso? Não dá para matar um morto, os médicos deviam saber disso!

Os quadros de Ticiano e Michelangelo não continuam nos museus, ainda após séculos? E os quadros que um moribundo cinzelou há catorze meses no meu cérebro, com a força de sua última peleja, devem sumir apenas porque aquele que os criou está deitado em seu túmulo de soldado?... Quando ouve ou lê a palavra "floresta", quem não vê qualquer floresta que atravessou em algum momento, num lugar qualquer, que viu através da janela do trem ou num palco? Quando fala do pai falecido, quem não vê o rosto há tempos apodrecido, ora severo, ora delicado, ora na rigidez do último adeus? O que seria de toda a nossa existência sem as imagens que – cada uma com seu assunto – saem por instantes do esquecimento, como o cone luminoso do refletor?

Doença?... Certamente! O mundo está ferido e não suporta nenhum outro assunto, nenhuma imagem, que não sirva às covas coletivas. Por um instante, o companheiro pode se deitar com os mortos, porque tudo o que acontece é um flash que o ilumina. A manchete do jornal da manhã: navios afundados – ataques rechaçados. E já roda o filme das pessoas ofegantes, lutando – dedos curvos, que agarram a vida mais uma vez entre as montanhas de ondas –, rostos deformados pela loucura e pela dor, tudo misturado. Cada conversa que conseguimos escutar, cada vitrine, cada respiração: uma chamada! A silenciosa paz da noite também é um assunto. Ou será que cada salto do ponteiro de segundos não marca o estertor de milhares? Não é suficiente saber de maçãs do rosto arrancadas, gargantas cortadas, cadáveres que se embaralharam, para se escutar o inferno que se agita do outro lado desse grosso muro de ar?

A pessoa que tivesse certeza de que alguém estava sendo morto naquele exato instante na casa ao lado, enquanto ela própria está descansando confortavelmente sobre seu travesseiro, e se levantasse com o coração a mil... estaria doente? E não somos vizinhos de cidades onde milhares sofrem de necessidades cruéis, a terra espirra membros destroçados para o céu e o céu martela a terra com punhos de ferro? Dá para viver realmente distante de seu próprio eu crucificado, quando o mundo inteiro ecoa chamados?...

Não!

Doentes são os outros. Doentes são aqueles que leem notícias de vitória com os olhos radiantes e enxergam quilômetros quadrados conquistados sobre montanhas de cadáveres, aqueles que esticaram, entre si e a humanidade, uma parede de pano colorido, a fim de não saber que crimes estão sendo cometidos do outro lado – que eles chamam de "o front" – contra seus iguais. Doente é todo aquele que ainda consegue pensar, falar, brigar, dormir, sabendo que o outro, com as próprias tripas nas mãos, se arrasta feito inseto meio pisoteado sobre campos revolvidos, perecendo a meio caminho da enfermaria improvisada como um animal, enquanto, bem longe, sonha uma mulher de corpo quente e uma cama vazia ao seu lado. Doentes são os outros que conseguem não prestar atenção aos gemidos, estalidos, choros, batidas, explosões, súplicas, xingamentos e sucumbências, porque o cotidiano murmura ao seu redor – ou o sossego da noite.

Doentes são os surdos e os cegos, não eu!

Doentes são os embotados, cuja alma não entoa empatia nem a própria raiva; são os muitos que, como um violino sem cordas, são apenas o eco de todos os sons. Ou será o desmemoriado, que, como uma placa fotográfica superexposta à luz, não registra mais nenhuma imagem, aquele que é o homem saudável? Não são exatamente as lembranças o conteúdo mais elevado de qualquer existência humana? Essa riqueza que os animais não conhecem, porque são incapazes de guardar o passado e criar algo novo a partir dele.

Devo ser curado de minha memória, assim como do meu sofrimento? Mas, sem minha memória, eu não seria mais o mesmo, porque todo homem é construído por suas memórias e só vive enquanto passa pela vida feito uma câmera carregada com filme. Se não conseguisse dizer onde passei minha juventude, qual a cor do cabelo de meu pai, dos olhos de minha mãe, se não conseguisse abrir minha memória a qualquer instante e achar a imagem correspondente, quão rápido seria feito o diagnóstico: "senil" ou "débil"! Sim, a fim de sermos considerados "mentalmente normais", precisamos manter o cérebro como apagador e lousa, conseguindo arrancar imagens que o mais profundo desespero marcou a fogo na alma, da maneira como se arrancam páginas de um álbum de fotografias?...

Alguém morreu diante de meus olhos; pesado e duro; após luta terrível, despedaçado em dois pelos titãs: vida e morte. E eu estou doente porque tenho de reviver novamente todas as etapas de sua batalha – como instantâneos guardados em meu cérebro –, enquanto todos os acontecimentos voltam inexoravelmente a essa série?... Eu, doente? E os outros, que conseguem folhear as páginas, sem mais, do destroçar, descarnar, pisotear de seus irmãos, da lenta agonia de homens presos em arames farpados, como se fossem páginas em branco – esses são saudáveis?

Sim, meus doutores, onde devo começar a esquecer?

Devo esquecer que estive na guerra? Esquecer o momento em que, na estação enfumaçada, meu filho estava branco feito cera, de lábios cerrados, ao lado de sua mãe, enquanto eu falava da janela do vagão, com uma alegria mal fingida, falava de reencontros e meus olhos perscrutavam, ávidos, o rosto da mulher e do filho, impregnando suas imagens em minha alma assim como a garganta ardente, após dias de batalha, engole com sofreguidão a água tão desejada? Esquecer da ânsia com gosto de bile amarga quando a estação engoliu aos poucos a mulher, o filho e o mundo?

Devo arrancar de minha memória, como linhas mal escritas, a viagem para a morte, na condição de único passageiro militar num trem repleto de pais de família que saíam a passear no domingo de verão? Devo me esquecer de como me senti com o silêncio aumentando ao meu redor a cada estação, como se minha vida se esfarelasse, até que, por volta de meia-noite, só houvesse um ou dois soldados dormindo no vagão e um rosto branco igual a cera, transfigurado de dor, pairasse ao redor da luminária que tremeluzia? É preciso realmente estar doente para carregar como uma ferida incurável essa despedida de casa e do aconchego, esse partir em direção ao ódio e ao perigo? O que seria mais difícil de compreender; em que situação homens teriam feito algo mais enlouquecido do que isto: atravessar a noite a 60 quilômetros por hora, fugindo de tudo que amam, de toda a segurança, descer de um trem e subir em outro, porque que este, e apenas este, leva aonde máquinas invisíveis atiram pedaços escaldantes de ferro, caçando a morte numa rede bem urdida de ferro e chumbo? Quem me arranca da alma a imagem da pequenina estação, suja, dos soldados que tiritam de frio, com sono, que, sem drogas ou música no sangue, acompanham com o olhar o trem dos civis que se afasta para trás dos arbustos apitando feliz, com as janelas claras? Quem me arranca da alma essa baldeação para a morte, no lusco-fusco?

E mesmo se eu conseguisse riscar essa infinita primeira noite, como uma tarefa cumprida, restar-me-ia, ainda, a manhã, já que o trem, no meio de um campo aberto, orvalhado, parou diante de um cruzamento e os curiosos ficaram sabendo que deveríamos deixar passar o trem-hospital? Como enxotar a lembrança da nuvem de desinfetante e cheiro de sangue, exalada no campo feliz por narinas de dragão? Não enxergarei eternamente as filas infinitas que avançavam com tal lentidão que pareciam estar saturadas de carne humana destroçada? Das centenas de janelas brilhavam os curativos brancos; enxergavam-se olhos baços, vítreos: deitados, agachados, empilhados, corpo ao lado de corpo, eles estavam ali feito umbelas sangrentas, uma abundância mais que excessiva de dor e necessidade. E esse lamentável resto de força e juventude, essas pessoas feridas, destroçadas, olhavam para o nosso trem com compaixão, sim: compaixão. Estou realmente doente porque esses olhares de caloroso compadecimento, de jovens aleijados para rapazes vigorosos, ardem de maneira indelével na alma? E esse pressentimento, que, naquela época, atravessou todo o trem, de um inferno – do qual seria preferível fugir envoltos em panos ensanguentados a, sãos e salvos, enfrentar? Esse estremecimento, que se tornou algo sabido, uma experiência, uma lembrança, deveria ser simplesmente espantado, enquanto dia após dia tais trens ainda se encontravam?

Uma palavra sobre a movimentação de tropas, cada notícia de novas batalhas, faz que venha à tona – de maneira garantida, assim como o toque de uma tecla determinada produz um som – esse primeiro encontro, cheio de vida, com a guerra, e vejo, nas plataformas agora livres, sobre pedras e soleiras, as gotas de sangue brilhando no domingo do início do verão, como marcadores do caminho até o front.

– Ao front!

Sou realmente eu o doente, porque não consigo expressar ou escrever essa palavra sem que o ódio mais visceral engrosse minha língua? Não são os outros os loucos que, com uma mistura de fervor religioso, nostalgia romântica e simpatia envergonhada, encaram como que hipnotizados essa máquina de produzir aleijados e cadáveres? Não seria mais inteligente também checar o estado mental dessa gente? Tenho de avisar aos médicos que me observam com tamanha compaixão que algumas palavras proferidas à humanidade como se fossem cachorros loucos deram origem a todo o mal?

"Front", "inimigo", "morte do herói", "vitória": de língua para fora e olhos esbugalhados os cães correm pelo mundo. Milhões, vacinados preventivamente contra tifo, sarampo e cólera, são atiçados à loucura! Milhões são metidos em trens – aqui e do outro lado –; cantando, vão de encontro uns aos outros, perfurando, atirando, bombardeando-se mutuamente, explodindo-se aos ares, dando carne e ossos para o mingau sangrento do qual deve ser feito o bolo de paz para aqueles felizardos que sacrificam à pátria as peles de suas ovelhas e bois por 100% de lucro, em vez de expor a própria pele por 300 *hellers* diários... Vamos supor que a palavra "guerra" ainda não tivesse sido inventada; ainda não tivesse sido santificada por milhares de anos de uso e embalada como um simulacro terrível por um colorido barulhento. Quem ousaria, então, trocar a expressão "declaração de guerra" pelo seguinte:

"Após longas e infrutíferas negociações, nosso representante voltou hoje do Estado vizinho. Da janela de seu vagão de primeira classe, uma última vez ele cumprimentou com um aceno de cartola os senhores que o acompanharam e não lhes sorrirá mais amigavelmente quando se encontrarem de novo frente a frente antes de vocês não transformarem centenas de milhares de homens do Estado vizinho em cadáveres. Ao trabalho! Subam em seus veículos para seis cavalos ou 28 homens! Sigam de encontro a eles, esses outros! Matem, cortem suas gargantas, vivam em buracos úmidos no chão feito animais selvagens, apodreçam, percam a sanidade, sejam atacados por piolhos –

até elegermos o momento para nos sentarmos novamente num vagão de primeira classe, nos cumprimentarmos novamente com nossas cartolas, a fim de discutir, em locais luxuosos, de maneira elegante e civilizada, as vantagens que nossos industriais e atacadistas podem auferir da confusão. Depois, caso ainda não tenham apodrecido debaixo da terra ou estejam mendigando, pernetas, de porta em porta, poderão voltar às suas famílias mortas de fome e poderão – não, serão obrigados! – voltar ao trabalho com ânimo redobrado, mais incansáveis e menos exigentes do que antes, para conseguir pagar, com suor e sacrifício, os sapatos estragados em centenas de marchas para a morte, as roupas que emboloraram sobre seus corpos!"

Um tolo aquele que se esforçasse em conseguir seguidores com tais palavras! Mas não eram tolas aquelas vítimas, que passavam frio, fome, matavam e morriam, só porque tinham aprendido a acreditar que, quando o velho cachorro louco da guerra estourava sua guia e passava a morder a terra, era impossível ser diferente.

As guerras que nos ensinaram a palavra "guerra" tinham sido assim? Guerra e butim não eram coisas necessariamente relacionadas? O soldado raso não sonhava com uma vida sem limites – mulheres, dinheiro e garanhões em baias de ouro? Esse esperar numa disciplina rígida, esse baixar a cabeça, essa aposta de tudo ou nada com os monstros que derramam de repente o conteúdo de seus caldeirões infernais... isso ainda é "guerra"? Guerra era o embate das forças em excesso, embate dos briguentos de todas as nações. Jovens para os quais a cidadezinha tinha se tornado pequena demais e o gibão, apertado demais partiam encantados com o jogo dos próprios músculos. E, agora, a mesma palavra deve servir para homens, já ancorados em suas casas e famílias, que são de lá arrancados, escorraçados para fora, deitados diante do inimigo, para suportar –

desarmados e resignados –, como meros figurantes, esse duelo das indústrias de munição?

É permitido fazer mau uso da palavra "guerra" como estandarte, quando o que vale não é a coragem e a força, mas bombas de dispersão e seu alcance e o suor de mulheres e crianças fabricando granadas? Quem ousa invocar sem veneração os tiranos do passado, que jogavam homens indefesos a leões e tigres, quando os comparamos com aqueles que, hoje, dirigem a luta entre homem e máquina como um teatro de marionetes movimentado por fios de telégrafo, animados pela bela esperança de que nosso estoque de carne humana vença o estoque de aço e ferro do inimigo?

Não! Todas as palavras que foram cunhadas antes do início dessas batalhas são belas e honestas demais; assim como a palavra "front", que aprendi a odiar! Encaramos "de frente" os atiradores escondidos atrás das montanhas e que disparam a morte através de distâncias cobertas por um dia de viagem? Ou os soldados entrincheirados que avançam invisíveis por 10 metros sob a terra? Seu "front" é uma estação final; uma casinha toda alvejada, atrás da qual os trilhos estão destruídos porque os trens retornam dali, descarregam sua carga de homens em forma, queimados de sol, a fim de recolhê-los mais tarde, depois de saírem da máquina com membros ensanguentados e rostos cobertos de azinhavre.

Numa noite, quando desci nessa estação terminal, havia um soldado barbudo, com o braço direito numa tipoia, sentado no chão, apoiado contra o portão de ferro da plataforma. E quando me viu passar, imaculado, ele acariciou delicadamente o braço direito com a mão esquerda e me lançou um olhar feio, cheio de ódio, e me disse entredentes:

– Sim, sim, tenente! Aqui temos picadinho humano!

Deveria eu me esquecer desse sorriso desdenhoso, que escancarou a boca retorcida de dor? Sou doente porque não consigo mais ouvir a palavra "front" sem que meus ouvidos não sejam arranhados pelo eco inevitável do "picadinho humano"? Ou não serão doentes os outros que, ao ouvirem "picadinho humano", engolem ávidos a covarde conversa mole dos contemporâneos bardos da guerra, que diligentemente fazem propaganda para a marca "guerra mundial" e são recompensados por isso circulando em carros como generais da ativa em vez de encarar a morte em trincheiras lamacentas, obedecendo a ordens de um qualquer?

Há, realmente, homens de carne e osso que ainda conseguem pegar um jornal nas mãos sem ficar com a boca cheia de espuma? É mesmo possível carregar na mente a imagem de soldados a pé, alvejados, que lentamente morrem sangrando sob uma chuva torrencial? E ainda continuar lendo as bobagens sobre o serviço assistencial impecável, ambulâncias maravilhosas e trincheiras nobremente decoradas, por meio das quais essa gente se mantém livre do Exército?

Pessoas voltam para casa com olhos quietos, espantados, nos quais a morte ainda se espelha; andam com timidez, como sonâmbulos por ruas faiscantes. Em seus ouvidos ecoam, ainda, os gritos bestiais que elas próprias vociferaram no furacão do fogo de barragem para não serem estropiadas pela aflição que vem de dentro. Elas chegam carregadas com horror; na mente, a visão espantada de inimigos estocados, mortos – e não ousam abrir a boca, visto que todos ao seu redor, inclusive a mulher e os filhos, realejam sobre granadas, bombas de gás e ataques de baioneta com uma curiosidade barata. Dessa maneira, os dias de férias vão se passando e o retorno à morte é a libertação da vergonha de ter sido um covarde disfarçado em meio àqueles que ficaram em casa e que consideram morrer e matar lugares-comuns.

Que assim seja, doutores! É honroso ser tachado de louco em relação àqueles idiotas que, para salvar a pele, brutalizaram de tal maneira a humanidade, extinguiram a empatia e assumiram o orgulho pelo sofrimento alheio, em vez de despertar a consciência do mundo como únicos mediadores entre necessidade e poder; em vez de, armados com um megafone, gritar "Picadinho hu-ma-no" durante tanto tempo nas praças mais lotadas, até que todos cujos pais, maridos, irmãos, filhos foram metidos na fábrica de cadáveres fiquem aterrorizados e todas as gargantas do mundo se unam num só eco!

Agora – se os senhores estivessem por perto, doutores –, eu lhes poderia mostrar meu companheiro, convocado de corpo presente ao quarto pelas chamas do ódio contra os relatos do front e contra a indiferença do restante do país. Sinto-o atrás de minhas costas; seu rosto, porém, está diante de mim sobre a folha branca, como marca-d'água, e minha pena corre com pressa para ao menos cobrir com letras os olhos que me encaram com repreensão.

Suas feições se erguem do papel – grandes, terrivelmente distorcidas, aumentando aos poucos – como a imagem do Salvador do véu de Verônica.

Naquela manhã do alto verão, os três jornalistas encontraram-no exatamente assim na beira da floresta e se afastaram, com má vontade, com um breve e quase militar "meia-volta, volver". Afinal, a visita era para mim! Eu deveria emprestar-lhes a carruagem e os cavalos, visto que o veículo com o qual eles atravessariam correndo a zona de perigo encontrava-se no caminho para Gorizia com o eixo quebrado.

Tratava-se de senhores amáveis, usando maravilhosas calças no estilo montaria e boinas de viagem, como que saídos de um filme de Sherlock Holmes! Eles queriam levar cartas e transmitir lembranças, adoraram meu lugar, riram a plenos pulmões do meu colchão de palha e ficaram especialmente gratos quando a carruagem ficou à disposição antes do início do bombardeio diário dos italianos.

Ao deixarem a floresta, tiveram de passar novamente pelo homem deitado imóvel na grama com seu rosto terrivelmente deformado. Mas eles não o viram! Parecendo obedecer a um comando, viraram a cabeça. Gesticulando, nervosos, observaram a destruição que um ataque aéreo provocara no dia anterior, como se estivessem sentados atrás dos vidros espelhados de um café.

Minha respiração se acelerou como se eu tivesse corrido um bom trecho inclinado. De súbito, o lugar onde me encontrava pareceu-me estranho e mudado. Aquela era a mesma floresta na qual as granadas explodiam com frequência, que os grandes aviões Caproni sobrevoavam com asas bem abertas, como urubus, que perfuravam com bombas e setas, enquanto o fogo das metralhadoras batia nas folhas feito granizo? Foi desta floresta que saíram três homens saudáveis, ilesos, acenando alegremente com suas boinas? Onde estava a parede que nos prendeu debaixo dos galhos caídos? Não havia um portão que só se abria para rostos lívidos, encovados, olhos febris ou membros ensanguentados?

A carruagem andava sobre o gramado pisoteado, marrom, e faltava apenas o vermelho vivo da capa do guia Baedeker de viagem para completar a cena de uma divertida excursão.

Eles estavam indo para casa?

Para a mulher e o filho, talvez?

Um puxar e repuxar doloroso, como se o olhar tivesse ficado preso às rodas... em seguida, o corpo foi arremessado... como que arrancado... de volta ao vazio e... nesse momento – quando minha alma, como que desenraizada pelo carro que partia, estava indefesa e partida pela saudade –

o acontecido repentinamente saltou sobre mim e me atacou! Ele me atacou de um jeito horrível – uma única mordida – e se tornou incurável pelo resto da vida!

Ingenuamente, fui até o ferido, ao qual os três viraram as costas tão friamente, como se ele também não fizesse parte do interessante Museu dos Granadeiros, que tinham acabado de visitar apressadamente. Ele estava ao lado da bandeirinha suja e esfarrapada com a cruz vermelha, a cabeça pressionada entre os joelhos dobrados, e não me ouviu. Atrás dele, havia a mancha redonda, marrom-café, que se distinguia do gramado ainda um pouco verde. Os feridos, que diariamente se reuniam ao amanhecer nesse lugar para serem levados ao hospital de campanha pelo carro que nos trazia munição e voltava carregado de doentes, tinham gerado aquela mancha, assim como acontece com o canto predileto no sofá da casa.

Quantos eu já vira esperar assim, de cócoras, muitas vezes durante dez, doze horas, quando o carro tinha partido cedo demais ou cheio demais, ou – depois de combates intensos – deitados de costas, em fila diante do depósito de munições. Rapazes alegres com braços ou pernas estropiados, o jargão de guerra "tiro de mil moedas de ouro" nos lábios murchos, porém risonhos, observados com inveja pelos levemente feridos e pelos olhos trêmulos dos doentes de tifo; todos dariam, com gosto, mil moedas de ouro ou sacrificariam um membro para compartilhar a mesma certeza: não ter mais de voltar. Quantos vi rolando na terra, sofrendo de muita dor; quantos de corpos rasgados ouvi, quase enterrados na lama mole sob uma chuva torrencial, gemendo, chorando e gritando mais alto que as rajadas frias do vento bora.

Esse, porém, parecia estar ferido apenas levemente na perna direita. O sangue havia encharcado a atadura precária num ponto e, por isso, eu lhe ofereci, além de conhaque e cigarros, minha caixinha de curativos. Mas ele não se mexeu. Ergueu a cabeça apenas quando coloquei a mão sobre seu ombro – e o rosto que me mostrou me atirou para trás como um golpe no peito.

Boca e nariz estavam separados; pareciam tomar conta da face direita, que não era mais uma face. Um pedaço de carne vermelho-azulada se inflava ali, recoberto por uma pele clara e brilhante, esticada quase até o ponto de rasgar! O lado direito como um todo era mais uma fruta exótica do que uma expressão humana, enquanto, do lado esquerdo, um olho amedrontado, melancólico, me olhava com uma tristeza baça e trêmula.

O susto repentino envolveu minha garganta feito um laço!

O que era aquilo? Aquele gramado, aquela sala de espera para o além, também não vira ainda um terror daqueles. Mesmo as lembranças terríveis de outro ferido que, poucos dias antes, exatamente no mesmo lugar, segurava as próprias entranhas com as mãos juntas, desapareceram com a visão dessa cabeça de filme de terror, que, à esquerda, era toda paz e toda humanidade; à direita, toda guerra, toda criação do ódio, desfigurada e inchada.

– *Schrapnell*? – balbuciei timidamente a pergunta introdutória.

A resposta soou confusa. Consegui entender apenas que sua canela direita havia sido fraturada por uma bala dundum. Mas o que ele murmurava sobre um tal anzol, enquanto levava a mão trêmula à face em brasa?

Eu não conseguia compreendê-lo, pois a experiência ainda fervilhava tão intensamente em suas veias que ele a relatava como se fosse algo presente, como se eu fosse uma testemunha. Sua índole camponesa não sabia que poderia haver pessoas que não tivessem visto ou ouvido nada a respeito da terrível aflição de suas últimas horas.

Sua história me foi sendo revelada aos poucos, em frases curtas, mais adivinhada do que relatada.

Durante uma noite inteira, após um ataque rechaçado à trincheira inimiga, ele ficara deitado com sua perna estropiada diante das próprias cercas de arame. Ao amanhecer, eles jogaram o gancho para ele. O anzol, constituído por um gancho de ferro e corda, tinha o fim de colocar os cadáveres de amigos e inimigos na trincheira e enterrá-los, antes de o sol de Gorizia começar seu trabalho. Com esse anzol, mergulhado em milhares de cadáveres, um idiota – que Deus o amaldiçoe! – havia rasgado sua face, antes que uma mão mais hábil manejasse a ferramenta. E agora ele gostaria – respeitosamente – de ser levado ao hospital, pois tinha medo da sua perna e de uma existência como mendigo aleijado.

Saí correndo, como se estivesse sendo escorraçado, a passos largos, saltando sobre pedras e raízes até o próximo destacamento. Em vão! Não havia nenhum carro em toda a floresta. E eu havia dado meu último veículo àqueles três sujeitos!

Por que eu não lhes dissera para levar junto o único ferido que estava deitado na grama e deixá-lo no hospital de campanha, que ficava no caminho? Por que os três não tiveram, eles próprios, a ideia de cumprir com sua obrigação de seres humanos? Por quê?!

Ofegante, vermelho da longa corrida, voltei com os joelhos tremendo; curvado, como se carregasse nos ombros a imagem, de toneladas, das pessoas que praticam pesca de carniça humana. Uma irritação e um enjoo estranhos, havia décadas desconhecidos, subiram-me à garganta, quando – voltando ao meu lugar – tive de escutar o choramingo do indefeso.

Ele não estava mais a sós. Uma pequena porção de feridos sem gravidade tinha se juntado a ele durante minha ausência. Observando-os através dos troncos das árvores, eu os vi ajoelhados na grama, em círculo, enquanto o que havia sido preso pelo anzol, acometido por dores lancinantes, saltava com a perna doente na mão, lançando a cabeça de um lado para outro.

Por volta do meio-dia, mandei meus suboficiais à procura de um carro, prometi-lhes generosa gratificação e voltei àquele gramado, com uma garrafa de conhaque debaixo do braço.

Ele não dançava mais. Em meio ao círculo dos outros, estava ajoelhado e com o corpo tombado para a frente, rolando a cabeça (como se fosse um objeto estranho) na terra para lá e para cá. Quando se ergueu, de repente, com um berro de ódio, até os outros feridos, imersos no próprio sofrimento e sentados por ali, indiferentes, murmuraram assustados.

Não havia mais nada de humano ali!... A pele, incapaz de se esticar mais, tinha estourado. Como as marcações de uma bússola, as fissuras largas se afastavam e, no meio, a carne crua saltava, em brasa.

E ele gritava! Martelava com os punhos na protuberância gigante, vermelho-azulada, até cair de joelhos novamente, gemendo, por causa dos golpes da própria mão.

Já estava escuro quando ele – finalmente! – foi embarcado num carro. E quando a névoa da noite cobriu pouco a pouco a floresta com seu véu, e eu, enrolado numa montanha de cobertas, era o único ainda acordado no emaranhado de troncos negros que pareciam mais próximos na escuridão, ele voltou. Empertigado sob a luz do luar, sua face estraçalhada, do tamanho de uma abóbora, sobressaía das sombras escuras das árvores ao reluzir na cor azul. Como um fogo-fátuo, ela brilhava num ponto e, logo depois, em outro. Noite após noite, marcava presença em todos os sonhos, fazendo que eu abrisse minhas pálpebras com os dedos, até que, após dez noites terríveis, meu corpo desabou e foi internado como uma coisa que chorava e convulsionava no mesmo hospital de campanha no qual ele sucumbira devido ao sangue contaminado.

E, agora, o louco sou eu! Está escrito, preto no branco, sobre minha cama. Quando me irrito e exijo sair desta casa que deveria prender os outros, recebo tapinhas tranquilizadores como se eu fosse um cavalo tímido.

Mas os outros estão livres! Da minha janela consigo enxergar a rua por sobre o muro do jardim e os vejo apressados, acenando com os chapéus, apertando-se as mãos, reunindo-se diante do relato do dia. Vejo mulheres e moças exibindo sua faceirice, orgulhosas e sorridentes ao lado de homens marcados como assassinos por uma cruz em seu peito. Vejo viúvas com longos véus, ainda pacientes; vejo rapazes com flores no capacete, prontos para partir. Ninguém se rebela! Ninguém enxerga nos cantos escuros os homens estropiados, presos em anzóis, de corpos abertos ou faces que reluzem azuladas.

Eles caminham debaixo da minha janela, gesticulando, satisfeitos, pois as palavras de satisfação são cunhadas frescas, todos os dias, pela casa da moeda. E todos se sentem acolhidos e envoltos por uma sensação de concordância quando elas são proferidas claramente por seus lábios. Sei que eles silenciam mesmo quando querem falar, gritar, espernear; que eles miram nos "covardes" e não têm palavrões para covardes mil vezes mais terríveis, que não estão inebriados pelas palavras de ordem, têm clara consciência da completa falta de sentido dessa matança de milhões e, apesar disso, não abrem a boca por medo de serem repreendidos pelos néscios.

Da minha janela, vejo o globo terrestre girar feito um compasso enlouquecido, manipulado por orgulhosos senhores que fazem cálculos sagazes e seus auxiliares com dissimulada submissão.

Vejo a corja toda! Os espalhafatosos, vazios e preguiçosos demais para desenvolver o próprio eu e que querem aparecer à custa dos elogios reluzentes que são devidos ao seu bando. Os canalhas, acolhidos, carregados, alimentados pela massa e que erguem hipocritamente seu olhar para um factoide autoimaginado. Este é martelado na mente de milhões de homens bons até a massa estar moldada, não ter mais coração ou cérebro, mas somente ódio e fé cega. Vejo a cena toda, que continua no sangue e na dor, vejo os espectadores passarem indiferentes – e sou chamado de louco quando abro a janela para dizer que seus filhos paridos e cuidados, seus homens amados, olharão para trás com medo e serão abatidos como bois, caçados como animais selvagens.

Esses loucos lá embaixo, que, por respeitosas visitas de condolências e olhares de reconhecimento, sacrificam o brilho e o calor de suas vidas e lançam sua carne e seu sangue nos arames farpados, cujos cadáveres apodrecem e se prendem a anzóis no campo, não têm outro consolo senão o de terem infligido o mesmo ao "inimigo". Esses loucos permanecem soltos e podem produzir, com sua miserável vaidade e perversa paciência, hecatombes diárias diante dos canhões! Mas eu tenho de ficar sentado aqui, impotente, a sós com meu inexorável companheiro, a que minha consciência dá à luz todos os dias.

Estou junto à janela, e entre mim e a rua há uma pilha muito alta dos corpos de tantos que vi sangrar. Impotente, pois o revólver que recebi para liquidar os pobres-diabos saudosos de casa – metidos em uniformes pela imperiosidade férrea – me foi tirado, por medo. Eu poderia descobrir alguns assassinos de massa em seu refúgio seguro e enviá-los às suas vítimas como medida exemplar.

Por isso, tenho de aguentar aqui, como alguém que enxerga por sobre os cegos, atrás de minhas barras de ferro.

E não posso fazer outra coisa senão entregar essas folhas ao vento – escritas desde o começo, dia após dia – e lançá-las à rua.

Quero escrever incansavelmente! Pregar por toda a Terra! Até que a semente brote em todos os corações, até que um morto querido apareça – fantasmagoricamente azul – em todos os quartos e mostre suas feridas. E, finalmente, até que um maravilhoso canto de libertação, um grito de fúria entoado por milhões de vozes, ecoe debaixo da minha janela: "Picadinho humano!".

A morte de um herói

O médico-chefe não havia compreendido. Ele balançou a cabeça, irritado, e por sobre o aro dos óculos lançou um olhar interrogativo ao assistente.

O assistente loiro calou-se, tímido e paralisado, pois também não havia compreendido.

Apenas o rapaz nos pés da cama parecia ter, ainda, algum contato com as alucinações de seu chefe, pois, nas pontas de seu bigode retorcido, brilhavam, como se tivessem sido cuidadosamente postas ali, duas lágrimas. Mas o rapaz falava apenas húngaro e, por isso, o médico-chefe, após um "imbecil" dito a meia-voz, foi embora dali suando e praguejando, seguido da personificação loira da timidez, rumo à sala de cirurgia.

A descomunal bola de algodão que, segundo a prancheta sobre a cama, ocultava em seu interior a cabeça do tenente da reserva Otto Kadar do regimento de artilharia número... despencou sobre os travesseiros depois de os médicos terem ido embora. Miska voltou a se sentar sobre sua mochila, fungou as lágrimas e, desesperado, com a cabeça pressionada entre as mãos não lavadas, pensou em seu futuro. Pois estava consciente de que o tenente não ia durar muito mais. Afinal, sabia o que estava escondido por trás da gigante bola de algodão; tinha visto o crânio destruído e as entranhas cinzentas horríveis debaixo dos fragmentos ensanguentados de ossos: o cérebro do pobre tenente, que tinha sido um homem e um chefe tão bondoso. Não era possível esperar por um segundo golpe tão bom da sorte. E não existiam mais chefes tão bondosos assim! As muitas e muitas fatias de salame que o tenente sempre lhe separava das suas provisões, as palavras suaves e calorosas que ele o escutava sussurrar no ouvido de cada ferido, todas as lembranças desse tempo longo, sanguento, que ele sofrera estoicamente ao lado do chefe – quase como um companheiro – voltavam à sua mente. Em seu infinito desamparo em relação à grande máquina de guerra, para dentro da qual ele deveria novamente ser lançado, o bom Miska sentia uma pena terrível de si sem o apoio seguro do bondoso tenente ao seu lado.

Assim ele aguardava, a cabeçorra de camponês entre as mãos, como um cachorro aos pés de seu dono moribundo e, nas pontas de seu bigode retorcido e fixado com pó e pomada, enfileiravam-se numa sequência suave as lágrimas que desciam rolando.

Miska também não sabia muito bem por que o pobre tenente ficara gritando sem parar pelo seu gramofone. Ele sabia apenas que os oficiais estavam sentados no abrigo, ouvindo a *Marcha Rákóczy*,[5] quando subitamente a maldita granada se fez ouvir e, em seguida, tudo sumiu em meio à terra e à fumaça. Ele também ficara sem conseguir

5 Canção nacional e hino não oficial da Hungria.

ver nem ouvir nada, pois uma tábua solta, como vinda do céu, bateu-lhe nas costas, derrubou-o e deixou-o sem ar por uma eternidade.

Depois... depois, Miska se lembrou apenas, sem muita clareza, de uma porção enorme de madeiras quebradas, caibros caídos, um mingau de retalhos de uniformes, terra, membros humanos e muito sangue! E do cadete Meltzar, ainda sentado, com as costas apoiadas contra os restos da parede lateral, com o disco – que havia pouco ainda tocava a *Marcha Rákóczy* e que, como um milagre, estava intacto – no lugar onde deveria ser a cabeça. Mas a cabeça não estava lá. A cabeça tinha sido totalmente arrancada, havia apenas o disco preto, também encostado na parede, junto ao colarinho ensanguentado. Isso tinha sido pavoroso! Nenhum soldado quis colocar a mão no corpo sentado com o disco postado como uma cabeça no alto do pescoço. Brrr!... Miska sentiu um arrepio nas costas ao se lembrar da cena e o coração parou de bater de susto, quando, justamente naquele instante, o tenente voltou a gritar:

– Gramofone! Só gramofone!

Miska levantou-se, observou a grande bola de algodão erguer-se com esforço do travesseiro, viu o único olho que sobrara de seu chefe avidamente preso em algo e sentiu-se tomado pela vergonha, como se fosse culpado de algo, quando todas as camas vizinhas lhe lançaram olhares indignados.

– Isso é insuportável! – um major gravemente ferido berrava do outro extremo do corredor comprido. – Tirem esse homem daqui!

Mas o major falava alemão e isso só aumentava a confusão de Miska, que secou o suor da testa e informou a um tenente sentado ao lado, já que seu senhor não conseguia ouvir, que o gramofone tinha se quebrado, quebrado em milhares de pedaços, senão ele, Miska, certamente não o teria deixado lá, mas o trazido, como tudo aquilo que foi possível encontrar das coisas do tenente.

Ninguém lhe respondeu. Ao longo de todo o extenso corredor, todos os oficiais, como se estivessem obedecendo a uma ordem, tinham metido a cabeça debaixo dos travesseiros e puxado as cobertas para cima das orelhas; o velho major enrolou até seu sobretudo ensanguentado como um turbante, apenas para não ouvir a risada terrível, cavernosa, que logo se transformava em choro, logo em gritos furiosos pelo gramofone.

– Tenente!... Tenente, peço-lhe o favor... – Miska suplicava, passando suavemente, muito suavemente, as manzorras sobre os joelhos trêmulos de seu chefe.

Mas o tenente Kadar não o ouvia. Também não sentia a mão pesada que pousara sobre seus joelhos. Pois, diante dele, ainda estava o cadete Meltzar, sobre o pescoço uma cabeça chata, preta, redonda, na qual a *Marcha Rákóczy* estava gravada em espiral. De súbito, o tenente percebeu nitidamente que, durante seis meses, tinha cometido uma amarga injustiça com o pobre Meltzar! Que culpa o pobre coitado tinha em relação às suas bobagens, aos ditos patrióticos sem graça? Como ele conseguiria pensar de maneira ajuizada com um disco na cabeça?... Pobre Meltzar!... O tenente Kadar simplesmente não podia compreender, ele não entendia como não havia percebido, há seis meses, quando o cadete Meltzar se alistou na bateria, o que havia se passado com o bom garoto da província!

Sua cabeça tinha sido trocada! A bela cabeça loira, de 18 anos, desaparafusada e substituída por um disco preto, riscado, que não conseguia fazer outra coisa senão guinchar a *Marcha Rákóczy* – isso estava comprovado. Como o pobre garoto deve ter sofrido enquanto seu tenente, vinte anos mais velho, volta e meia lhe despejava longas palestras sobre humanismo! É evidente que, por causa do disco redondo e chato que lhe fora implantado, ele não entendia que os soldados italianos, passando ensanguentados e esfarrapados ao lado da bateria, também teriam preferido mil vezes ter ficado em casa, se uma placa numa esquina qualquer não os tivesse obrigado igualmente a deixar tudo para trás, assim como a mobilização na Hungria agiu com os atiradores húngaros.

Apenas naquele momento, o tenente Kadar compreendeu a teimosia incontrolável de seu cadete. Apenas então soube por que o jovem, que poderia ser seu filho, ouvia mudo as mais belas e inteligentes falas e explicações, para depois assobiar entredentes a *Marcha Rákóczy* e repetir, aos resmungos, a frase estereotipada:

"Os cachorros têm que ser mortos!"

Não era por ele ser tão jovem e tão burro! Não era por ele ter vindo direto da escola de cadetes ao campo de batalha. A culpa era do disco do gramofone. O disco do gramofone!

O tenente Kadar sentia as veias incharem feito cordas, o sangue pulsar às marteladas nas têmporas, tão irrefreável era sua raiva contra os bandidos que tinham desaparafusado ardilosamente a bela cabeça de jovem do pobre Meltzar, que outrora ficava sobre seu pescoço.

E... esta era a parte mais terrível da história: quando se lembrava de seus comandados e colegas oficiais, enxergava-os todos iguaizinhos ao pobre Meltzar, andando sem cabeça! Ele fechou os olhos com força, queria chamar à memória os traços dos seus atiradores – em vão! Nem um único rosto veio à sua mente. Ele passara meses e meses na companhia das mesmas pessoas e, apenas naquele momento, tinha chegado à conclusão de que nenhum deles carregava uma cabeça sobre o pescoço! Senão teria se lembrado que seu atirador usava um bigode; saberia se o canhoneiro do primeiro canhão era loiro ou moreno. Mas não!... Não lhe restara nada. Ele enxergava apenas discos de gramofone, pretos, horríveis, discos redondos sobre camisas ensanguentadas.

De repente, toda a região de Isonzo apareceu-lhe embaixo dele, feito um mapa gigante, assim como a vira tantas vezes em revistas ilustradas. A fita prateada do rio serpenteava em meio a colinas e árvores cortadas e o tenente Kadar voava sobre o burburinho, sem motor e sem avião, carregado apenas por seus braços abertos. E para onde quer que ele olhasse, toda colina, toda montanha, todo vale, ele via os alto-falantes de inúmeros aparelhos sonoros que brotavam da terra. Milhares e mais milhares daquelas conhecidas cornucópias de metal azul-céu, debruadas de dourado, olhavam para ele com as bocas abertas. E, ao redor de cada um desses aparelhos, fervilhava um formigueiro de diligentes atiradores com projéteis e granadas.

E o tenente Kadar viu claramente: todos carregavam discos de gramofone sobre o pescoço, como o cadete Meltzar. Ninguém estava com a própria cabeça! Mas, quando as granadas saíam voando das cornucópias azuis para o meio do bando de formigas, nesse mesmo instante, os discos chatos e pretos se quebravam pela violência dos explosivos e se transformavam em verdadeiras cabeças humanas. Do alto, o tenente Kadar via o cérebro sair de dentro dos discos quebrados, via as superfícies com ranhuras uniformes transformarem-se rapidamente em rostos humanos sofridos, lívidos.

Todos os segredos da guerra, tudo sobre o que o tenente moribundo refletira à noite durante meses parecia ter sido desvendado de uma só vez. Então era isso! Essas pessoas receberiam suas cabeças de volta apenas quando estivessem próximas da morte. Antes, bem antes, em algum lugar, elas tinham sido desaparafusadas, trocadas por discos que não faziam outra coisa senão tocar a *Marcha Rákóczy*. Assim preparadas, elas eram enfiadas nos trens, chegavam ao front, como o pobre Meltzar, como ele mesmo, como todos...

Em um acesso de raiva, a bola de algodão lançou-se novamente para o alto. O tenente Kadar queria se levantar, contar o segredo às pessoas, incentivá-las a exigir de volta suas cabeças. Ele queria sussurrar junto ao ouvido de cada um, em todo o front: da lagoa Plava até o mar. De cada atirador, de cada soldado da infantaria, e também dos italianos do outro lado! Ele queria dizê-lo também aos italianos. Esses também tinham discos aparafusados no pescoço. Eles também deviam voltar, regressar a Verona, a Veneza, a Nápoles, onde suas cabeças encontravam-se empilhadas em galpões, guardadas até depois da guerra. O tenente Kadar queria ir de homem a homem, para ajudar cada um, aliado ou inimigo, a reencontrar sua cabeça!

De repente, porém, ele percebeu que não conseguia andar. Voar também não era mais possível! Seus pés tinham sido presos à cama com amarras pesadas, de ferro, impedindo-o de desvendar o grande segredo.

Bem, então, ele faria um anúncio com a voz trêmula e de altura sobre-humana. Com uma voz que se sobreporia ao choro e ao estrondo das granadas, que anunciaria a verdade como as trombetas do juízo final, de Plava a Trieste, até o Tirol e depois até o mar em Flandres e o golfo Pérsico. Ele queria gritar como homem nenhum gritara antes:

– Gramofone... Peguem as cabeças!... São só gramofones!

Naquele instante, bem no meio da promessa de salvação, sua voz sumiu de repente com um som gutural de dor. Doía! Ele não conseguia gritar. Era como se, a cada palavra que ele pronunciasse, uma agulha pontuda espetasse profundamente seu cérebro.

Uma agulha?

Certamente! Como ele poderia ter se esquecido? Sua cabeça também tinha sido desaparafusada. Agora ele também carregava apenas um disco de gramofone sobre o pescoço, como todos os outros. Quando queria falar, a agulha se enfiava no seu crânio e corria, impiedosamente, sobre todas as sinuosidades do seu cérebro.

Não! Aquilo era insuportável! Melhor fazer silêncio. Manter o segredo para si. Nunca mais aquela dor alucinante na cabeça!...

Mas a máquina continuava ligada. O tenente Kadar segurou a cabeça com as mãos, cravou profundamente as unhas nas têmporas. Se ele não conseguisse desligar o maldito aparelho a tempo, sua própria cabeça, sem parar de girar, sem dúvida quebraria o pescoço.

O suor do medo exsudava, gélido, de todos os poros.

– Miska! – o tenente gritou com a maior urgência.

Mas Miska não entendeu o que tinha de fazer. O disco continuava girando e tocava a todo vapor, animado, a *Marcha Rákóczy*. Todas as fibras se tensionavam... o tenente Kadar não parava de sentir a cabeça escapando das mãos... sua coluna vertebral surgiu diante de seus olhos! Com um último esforço, violento, ele tentou mais uma vez colocar a mão dentro do curativo, pressionar a cabeça para a frente... Depois... mais apavorantes rangidos e gemidos... e, finalmente, se fez um silêncio mortal no longo corredor.

Quando o médico loiríssimo voltou da sala de cirurgia, o choramingo de Miska já lhe informava que uma nova cama tinha sido liberada na seção dos oficiais. O impaciente velho major acenou-lhe, desnecessariamente, e anunciou com uma voz respeitosa, sonora, para que todos pudessem ouvir:

– O pobre-diabo lá embaixo finalmente bateu as botas. Como um húngaro autêntico. Com a *Marcha Rákóczy* nos lábios!

A volta para casa

O lago faiscou pela primeira vez através das folhas e surgiam também as muito conhecidas montanhas calcárias cinzentas que, como dedos ameaçadores, atravessavam o leito do trem e tocavam profundamente a água. Lá, atrás do esfumaçado buraco preto logo depois da saída do túnel curto, a ponta da torre da igreja apareceu por um instante sobre a ribanceira, assim como um pedacinho do castelo.

Johann Bogdán esticou-se bem para fora da janela do vagão, com o olhar ávido, como alguém que examina seu inventário, tenso e cheio de desconfiança, querendo saber se nada lhe fora surrupiado durante sua ausência. Ele assentia, satisfeito, a cada aguardado grupo de árvores, medindo a correção da paisagem com a imagem que carregava profundamente gravada na memória. Tudo batia. Os marcos de cada quilômetro na grande alameda que acabara de aparecer ao lado da plataforma estavam bem seguros em seu lugar; havia pouco, surgira o brilho da faia vermelha, na qual os cavalos sempre se assustavam e, certa vez, por muito pouco, não derrubaram a carruagem.

Johann Bogdán inspirou de maneira pesada e profunda, tirou seu minúsculo espelho do bolso e olhou-se por uma última vez antes de desembarcar. O rosto lhe parecia mais feio a cada estação. A metade direita ainda era passável: restara ainda um pouco de seu bigode e a face ainda era bem lisa, exceto o corte mal curado ao lado do canto da boca. Mas a esquerda!... Ele dera ouvidos ao que o maldito grupo da cidade grande dizia a respeito; grupo que, na guerra – assim como nos tempos de paz –, considerava os camponeses pobres uns idiotas. Eram todos hipócritas, tanto o grandioso professor universitário quanto as senhoras finas, com seus sobretudos branquíssimos e a linguagem ridícula, rebuscada. Não era grande coisa fazer um cocheiro sonso, que a duras penas aprendera a ler e a escrever, cair numa cilada. Eles sorriram para ele, prometeram-lhe o céu e a terra, e agora ele estava ali – indefeso, solitário. Um homem perdido.

Proferindo um impropério furioso, ele arrancou o chapéu da cabeça e jogou-o no banco ao lado.

Aquilo era um rosto humano? Era permitido fazer isso com uma pessoa? O nariz como que montado a partir de dados de cores diferentes, a boca repuxada, todo o lado esquerdo do rosto inchado – de tão vermelho, parecia carne viva. E riscado a torto e a direito por cicatrizes profundas. Repugnante! No lugar do osso malar, um buraco comprido, tão fundo que um dedo sumia lá dentro. E foi por isso que ele se deixou torturar? Por isso ele foi levado dezessete vezes, como um cordeiro manso, ao quarto maldito com as paredes de vidro e as muitas lâminas brilhantes. Ele ainda estremecia ao se lembrar das torturas que suportou, rangendo os dentes, apenas para readquirir uma aparência humana e conseguir voltar para a noiva.

E lá estava ele! O trem passou apitando pelo túnel, as acácias diante da casinha do vigia da estação entraram pela janela, numa espécie de saudação. Irritado, Johann Bogdán puxava sua mochila muito carregada pelo corredor, desceu hesitante a escada e ficou perdido, à procura de ajuda, quando o trem que o trouxera afastou-se às suas costas.

Ele pegou seu grande lenço florido e secou o suor da testa, que formava gotas grandes. O que ele devia fazer? Por que tinha ido até ali? Bem, já que colocara os pés no tão ansiado chão da sua terra, ele foi tomado repentinamente por uma intensa nostalgia do hospital que deixara, exultante, naquela mesma manhã, havia apenas poucas horas. Lembrou-se do longo corredor com os muitos homens enrolados em ataduras, todos mancando, saltando, paralisados, cegos ou desfigurados. Lá ninguém se horrorizava por causa de seu rosto destroçado. Ao contrário! A maioria sentia inveja, ele ao menos se mantivera apto para trabalhar, conservara braços, pernas e o olho direito. Muitos até estariam dispostos a trocar de lugar com ele. Alguns tinham feito comentários invejosos e dito que era injusto receber auxílio-invalidez do Estado por causa do olho perdido. Um olho e o rosto um pouco ralado, isso não era nada se comparado a uma perna de madeira, um braço paralisado ou um pulmão perfurado que assobiava e roncava feito uma máquina defeituosa ao menor esforço. Ele tinha sido um sujeito de sorte entre tantos aleijados. Um astro! Lá, todos conheciam sua história. Quem chegava ao hospital queria conhecer principalmente Johann Bogdán, que permitiu ser operado dezessete vezes, ter a pele arrancada em tiras das costas, do peito e das coxas. Após cada nova cirurgia – depois de os curativos terem sido tirados –, a porta de seu quarto não ficava quieta nem por um instante, centenas de opiniões eram proferidas, cada recém-chegado recebia uma explicação detalhada de quão terrível o rosto era antes. Os poucos que dividiam o quarto com Bogdán desde o começo descreviam o repugnante estado anterior com um tipo de orgulho; era como se tivessem parte nas operações bem-sucedidas. Dessa maneira, Johann Bogdán quase se tornara vaidoso por conta de seu terrível ferimento, dos progressos em seu embelezamento. E tinha deixado o hospital com a expectativa de ser admirado em sua cidade como uma espécie de sensação. E agora?

Desamparado, sozinho com sua mochila e com sua mala, inundado pela intensa radiação do sol da planície húngara, diante de si a cidadezinha larga, Johann Bogdán sentiu-se repentinamente assolado por um desânimo, um medo desconhecido durante os lançamentos de granadas, os ataques aéreos que significavam vida e morte, as lutas mais aguerridas. Observações profundas não combinavam com sua indolente mente de camponês, sua natureza forjada a partir de teimosia e vaidade. Mas o desconforto instintivo e a desconfiança hostil que o dominavam diziam, de maneira clara o suficiente, que ele enfrentaria decepções e ofensas com as quais nem sonhara no hospital. Timidamente, ele ajeitou a bagagem às costas e dirigiu-se à saída com passos hesitantes. Ali, à sombra da acácia empoeirada que ele vira crescer e que por ela fora visto crescer, Johann Bogdán subitamente se sentiu confrontado com seu passado, belo e conhecido no local como atrevido condutor de carruagens elegantes. Todas as operações e remendos não tinham valido nada! Não havia outra comparação senão aquela entre o jovem insolente, alegre, que no primeiro dia de mobilização estava rouco de tanto cantar e gritou um último "adeus" à sua Marcsa, e o aleijado de um só olho, mandíbula destruída, rosto remendado e meio nariz que se encontrava naquele momento diante da mesma estação, amargurado e desanimado, como se a infelicidade o tivesse atingido apenas naquela manhã.

A mulher do guarda-linhas Kovacs – cujo marido servia em algum lugar no front russo desde o início da guerra – estava diante do pequeno portão de ferro, com o alicate obliterador na mão, e esperava, impacientemente, pelo último passageiro. Johann Bogdán viu-a parada e seu coração começou a bater tão forte que ele começou, sem querer, a andar ainda mais devagar. Ela o reconheceria ou não? Seus joelhos estavam moles, como se tivessem apodrecido de repente, e sua mão tremia de nervoso ao lhe entregar o bilhete.

Ela pegou a passagem e deixou-o passar... sem dizer nenhuma palavra.

O pobre Bogdán ficou sem ar. Ele reuniu toda a sua força, encarou-a com único olho e falou, fazendo força para manter a voz firme:

– Bom dia!

– Bom dia – respondeu a mulher. Ele encontrou os olhos dela, viu-os se afastar, congelar, tatear seu rosto destruído para, em seguida, rapidamente desviar dele, como se não suportasse aquela visão. Ele queria ficar parado quando percebeu que os lábios dela balbuciaram silenciosamente um "Jesus Maria", como se ele fosse o demo em pessoa. E mancando, magoado, ele seguiu em frente.

– Não reconheceu! – o sangue martelava nos ouvidos. – Não reconheceu. Não reconheceu! – Ele se arrastou até o banco na frente da estação, tirou a mochila e sentou-se.

Não reconheceu! A mulher de Kovacs não reconheceu Johann Bogdán. A casa dos pais dela era vizinha da dos seus pais, eles foram juntos à escola, à igreja. Ele a tinha segurado nos braços, beijado-a sabe-se lá quantas vezes, até Kovacs chegar à cidade e conquistá-la. Ela não o reconhecera. Nem pela voz... tão mudado que estava!

Sem querer, ele lançou mais um olhar até a estação, viu-a se dirigindo apressadamente até o zelador do lugar e adivinhou, pelos movimentos dela, que a mulher estava contando da visão assustadora, do soldado forasteiro terrivelmente deformado que acabara de ver. Ele soltou um som curto, rouco, uma maldição, depois sua cabeça tombou para a frente e ele começou a chorar como uma mulher abandonada.

O que fazer? Subir ao castelo, abrir a porta da casa dos empregados e dar um "bom-dia" à perplexa Marcsa?

Sim, era isso que ele tinha pensado. Imaginara – sabe-se lá quantas vezes – minuciosamente a cena: as empregadas ouriçadas, o grito de alegria da noiva, o salto dela para abraçá-lo e os milhares de perguntas que seriam despejadas sobre ele, enquanto ele, com Marcsa no colo, responderia ao grupo que o estaria escutando respeitosamente, sem entrar em muitos detalhes.

Onde isso tudo tinha ficado?... Ir até Marcsa? Ele?... Com esse rosto, diante do qual Juli, a mulher do guarda-linhas, tinha feito o sinal da cruz?... Mas Marcsa não era conhecida em todo o condado pela língua afiada e arrogância? Ela havia descartado os homens com rudeza, rido de todos eles, chamado-os de idiotas, antes de se apaixonar por ele.

Johann Bogdán meteu a mão na boca e cravou profundamente os dentes na carne, até que a dor cruciante finalmente o ajudou a superar os soluços. Em seguida, ele escondeu a cabeça nas mãos e tentou refletir.

Nunca nada dera errado na sua vida, ele sempre fora bem-visto por todos, na escola, entre os senhores do castelo e também no Exército. Na condição de jovem bonito, esperto, excelente cavaleiro, cocheiro habilidoso, que amava seus cavalos e era por eles amado, ele atravessara a vida divertido, sem preocupações, acostumado a ver as mulheres sorrindo, deliciadas, quando passava por elas e, generosamente, lhes jogava um beijo. Apenas Marcsa dera mais trabalho; entretanto, ela era famosa por ser a jovem mais bonita, e mesmo o patrão lhe deu um tapinha no ombro, quase invejoso, quando eles ficaram noivos.

– Um belo casal! – o padre disse.

Tateando o bolso, Johann Bogdán tirou o espelhinho novamente e abateu-se, pressionado por uma tristeza profunda e melancólica. Esse era o noivo da bela Marcsa? O que essa cara de macaco, essa fuça remendada, malhada, que o malandro maldito, aquele embusteiro – chamado de renomado professor –, cerzira tinha em comum com Johann Bogdán, com aquele Johann Bogdán com o qual Marcsa prometera se casar e pelo qual derramara muitas lágrimas na despedida? Para Marcsa, havia apenas um Johann Bogdán, que era condutor de carruagens e o homem mais bonito da cidade. Ele ainda era condutor de carruagens?... O honrado patrão não vai querer profanar seu belo carro com tal espantalho e viajar à capital com uma caramunha no banco! Ele será mandado a se ocupar com o feno, limpar o estábulo. E Marcsa, a bela Marcsa, disputada por todos os homens, será que se tornará mulher de um miserável trabalhador por empreitada?

Não. Johann Bogdán percebia isso com clareza, pois, para Marcsa, a pessoa ali no banco não era mais Johann Bogdán. Ela não vai mais querê-lo, nem os patrões vão sentá-lo novamente no banco da carruagem. Um aleijado permanece aleijado e Marcsa ficou noiva de Johann Bogdán e não do bicho-papão que ele estava lhe trazendo para casa.

Sua tristeza foi se transformando pouco a pouco num ódio incontrolável contra a corja da cidade grande, que o havia convencido, metido sabe Deus o que na sua cabeça. Marcsa deveria estar orgulhosa porque ele ficara deformado a serviço da pátria? Orgulhosa? Ha, ha!

Ele riu com desdém e seus dedos apertaram o funesto espelho até este se quebrar em mil cacos e cortar sua mão. O sangue gotejava lentamente para dentro da manga, sem que ele percebesse – tão grande era seu desgosto em relação ao mulherio elegante do hospital que tinha confundido sua mente com bobagens. Será que elas imaginavam que, para uma camponesa qualquer, um homem de um só olho e meio nariz ainda era bom o suficiente? Pátria?... Ela estaria subindo ao altar com a pátria? Será que, nos momentos em que fosse observada com pena, ela comoveria alguém com a pátria? A pátria andava de carruagem no meio dos vilarejos, com fitas soltas no chapéu? Ridículo.

Ali no banco, tendo diante dos olhos a estação e sua placa, que, num único nome, um nome curto, resumia toda a sua vida, todas as suas lembranças, esperanças e vivências, Johann Bogdán recordou-se, de repente, do aleijado Peter, que morava na casinha mal-ajambrada atrás do moinho havia muitos anos, quando ele próprio ainda era criança. Ele o via claramente diante de si, com seu pé de madeira barulhento e o rosto famélico, triste. Ele também havia sacrificado a perna "pela pátria" – no sul, durante a ocupação na Bósnia – e, depois, teve de ficar sozinho naquela casa, ridicularizado pelas crianças que imitavam seu andar; aturado com má vontade pelos camponeses, ressentidos por ele ter se tornado uma carga para a comunidade, vivendo do dinheiro dos outros. "A serviço da pátria?" Nunca ninguém falava da pátria quando o aleijado Peter passava. Ele era chamado com desprezo de o pobretão da cidade e só.

Johann Bogdán cerrou as mandíbulas e seus dentes rangeram, bravo por não ter se lembrado, ainda no hospital, de Peter. Pois, então, teria dito, e com todas as letras, sua opinião ao pessoal da cidade grande sobre suas conversas moles idiotas de pátria e da grande honra de voltar para Marcsa feito um macaco. Ah, se ele pudesse pôr suas mãos agora no professor! O pilantra o havia fotografado – e não apenas uma vez, mas ao menos uma dúzia de vezes e de todos os ângulos; depois de cada barbeiragem, de novo. Como se ele tivesse conseguido criar sabe-se lá que obra de arte. E nem mesmo Juli, a mulher do guarda-linhas, fora capaz de reconhecê-lo! Juli, a mulher do guarda-linhas... que tinha sido sua vizinha quando criança.

Johann Bogdán estava tão imerso em seus lamentos, tão envolvido em terríveis planos de vingança, que nem viu o homem parado à sua frente havia alguns minutos e o olhava, curioso, por todos os lados. Uma onda de calor subiu-lhe ao rosto e seu coração levou um choque pelo susto feliz quando, subitamente, uma voz acordou-o de suas maquinações:

– É você, Bogdán?

Ele levantou-se, feliz por ainda ser reconhecido, e franziu a testa profundamente decepcionado quando enxergou o corcunda Mihály diante de si. Não havia uma segunda pessoa em toda a cidade, em todo o condado, cuja mão Johann não apertaria em exuberante gratidão. Com o corcunda, porém, ele não queria nenhum contato. Muito menos agora! No final, o sujeito pensaria que tinha feito um amigo e, certamente, estava feliz por não ser mais o único aleijado do lugar.

– Ora essa, sou eu. Como vai?

Com seus olhinhos curiosos e sagazes, o corcunda perscrutou, interessado, o rosto remendado e balançou a cabeça, compadecido:

– Ah, os russos o deixaram bacana.

Como um vira-lata feroz, Bogdán retrucou, bravo:

– Não é da sua conta! Veja só quem fala! Se eu tivesse saído da barriga da minha mãe desse jeito, com a pança nas costas como você, os russos não teriam nem me relado.

O corcunda sentou-se calmamente ao seu lado, nem um pouco ofendido.

– Você não ficou mais bem-educado por causa da guerra, Bogdán. Já percebi – ele disse, secamente. – Você não está bem, posso imaginar. Sim, é isso! Os pobres têm de entregar seus ossos saudáveis para que o inimigo não tire nada dos excessos dos ricos! Ao menos, fique feliz por assim ter se safado.

– E estou – Bogdán disse entredentes, com um esgar raivoso. – A granada não pergunta se a pessoa é rica ou pobre. Duques e barões ficam apodrecendo ao sol como cadáveres de bichos. Todos os que, ainda no berço, escaparam da determinação divina de não estarem aptos para serem homem ou mulheres encontram-se agora no front, sejam pobres feito ratos de igreja ou acostumados a comer em baixelas de ouro.

O corcunda pigarreou e deu de ombros.

– Tem gente e gente – ele disse. E quis acrescentar mais alguma coisa, mas não sabia o que e ficou calado. Esse Bogdán sempre tivera uma lamentável natureza de lacaio, orgulhoso em poder servir aos poderosos senhores. Sentia-se solidário com seus opressores, pois, com sua jaqueta fechada por fitas e botões prateados, contribuía para o seu brilho. Mas eles o tinham colocado diante dos canhões para que defendesse uma riqueza que não era a dele... e o sujeito estava lá, desfigurado, caolho e continuava protegendo os patrões. Não dava para fazer nada contra tamanha burrice. Eram palavras desperdiçadas.

Eles ficaram um tempo sentados, lado a lado, em silêncio. Bogdán enchia o cachimbo e o outro observava, interessado.

– Você vai subir ao castelo? – o corcunda perguntou com cuidado quando o cachimbo finalmente foi acendido.

Johann Bogdán não sabia direito aonde o outro queria chegar. Ele o conhecia. Era um socialista! Um espertalhão que tirava o pão dos pobres com sua conversa mole. Igualzinho a um cachorro ruim, que morde a mão de quem o alimenta. Ganhava um bom dinheiro na fábrica de tijolos como supervisor, e seu agradecimento foi incitar todos os trabalhadores contra os patrões até eles exigirem o dobro do salário e quererem incendiar os quatro cantos do castelo. Ele também já tentara sua sorte com Johann, quis maldizer o honrado patrão. Mas, nesse momento, ele topou com a pessoa certa! Um par de tabefes à direita e à esquerda, mais um belo chute tinha sido a resposta para ele não tentar nunca mais transformar Johann Bogdán num socialista, num patife que não conhece Deus nem a pátria.

O outro ficou escorregando para lá e para cá no banco, inquieto. Vez ou outra, lançava um olhar inquisidor para o seu vizinho, quando, finalmente, tomou coragem e disse de súbito:

– Eles ficarão felizes em vê-lo lá em cima. Ainda tem braços e eles podem precisar de gente na fábrica.

Bogdán torceu o nariz.

– Na fábrica de tijolos? – ele perguntou, desdenhoso.

O corcunda riu alto.

– Fábrica de tijolos? Nada disso. Quem precisa de tijolos na guerra? Há tempos que a fábrica de tijolos não existe mais, meu caro. Lá se produzem agora invólucros para granadas. Está vendo os vagões ali do outro lado? Estão cheios de invólucros para granadas. Todo sábado, um trem cheio parte daqui.

Bogdán ouviu com interesse. Isso era novidade. Uma mudança na propriedade, desconhecida para ele.

– Veja, as coisas estão tão bem organizadas – o outro continuou falando e riu com desdém –, um sai e permite que lhe estourem a cabeça, o outro fica em casa fabricando invólucros de granadas e reveste seu castelo com notas de mil coroas. Por mim, tudo bem...

– É para atirarmos com ervilhas ou com o ar? Sem granadas não dá para entrar na guerra. Elas são tão necessárias quanto os soldados.

– Certo! E como os ricos têm a opção, eles fazem que a cabeça a ser estourada seja a sua. O que você vai receber pelo seu olho? Cem coroas por ano? Ou até 150? E os outros, que serão comidos pelos abutres, não vão levar nem isso da guerra. Mas o honrado patrão lá do alto recebe diariamente alguns milhares, sem arriscar nem o dedo mindinho. Dessa maneira, eu também gostaria de ser patriota. Acredite! No começo, claro, dizia-se que ele iria ao front. E até partiu cheio de pompa. Mas, em três semanas, já estava de volta, com montadores e máquinas e, agora, ele fica fazendo belos discursos, dentro da sede do condado, manda os outros morrer e, ainda por cima, é galo do galinheiro. Entope os bolsos de dinheiro e se engraça com todas as moças da fábrica. Afinal, é o único homem do lugar.

Contrariado, com a testa franzida, Bogdán ouviu o relato do outro. Apenas a última frase desconcertou-o. Ele se empertigou, ficou inquieto e por um tempo lutou heroicamente contra a pergunta que ardia em seus lábios. Até que não conseguiu mais se segurar e soltou:

– A Marcsa... também está na fábrica?

Os olhos do corcunda brilharam:

– A bela Marcsa! Acho que sim. Tornou-se supervisora. Embora se diga que ela nunca tenha pegado num invólucro, mas as mãos do honrado patrão...

Com um grunhido curto e rouco, Johann Bogdán agarrou o pescoço do outro, pressionou-lhe o pomo de adão para dentro da garganta, segurou-o numa chave de braço impiedosa até que ele, que se debatia de olhos arregalados de medo, soluçando e com o rosto já azul, caiu e ficou no chão, estertorando. Bogdán juntou rapidamente suas coisas e saiu marchando a passos gigantes, como se pudesse estar perdendo algo no palácio.

Ele não olhou nem mais uma vez para o corcunda Mihály, não se virou nem mais uma vez, continuou impassível e por muito tempo ainda sentiu a garganta quente nas mãos.

Que lhe importava um homem agonizando na rua? Um a mais ou a menos! Ele havia passado por milhares em situação semelhante, na indiferença ondulante da coluna em marcha, apático por causa do cansaço, sem pensar que as manchas cinza nos campos, muito próximas umas das outras, os montes que enchiam todos os cantos das ruas como adubo na primavera, eram pessoas que a morte havia disposto lá. Eles haviam marchado entre os mortos, em Kielce, ao atravessar uma plantação, onde, de cada poça, mãos cinzentas de terra tentavam agarrar o ar, pernas de calças ensanguentadas e rostos desfigurados brotavam do solo, como se todos os mortos se arrastassem dos túmulos para o juízo final. Eles tropeçaram sobre cadáveres: o tenente da reserva, baixinho e gordo, tinha ficado mortalmente nauseado, para grande diversão de seu batalhão, visto que um russo já semiapodrecido, sobre o peito do qual ele pisara involuntariamente, partiu-se devido ao peso e ele mal conseguiu tirar o pé do buraco empesteado. Johann Bogdán lembrou-se sorrindo das piadas maldosas da companhia sobre o oficial branco feito um cadáver, apoiado numa árvore, chamando o Hugo como alguém que tivesse bebido muito mais do que sua sede exigisse.

A estrada abrasava ao sol do meio-dia. Na cidade, o relógio da torre bateu as 12 horas; do outro lado, na colina, o apito grave da fábrica assobiou como resposta, e uma nuvenzinha branca alçou-se acima da copa das árvores. Bogdán apressou o passo, corria mais que andava, sem se preocupar com o suor que lhe escorria pela nuca fazendo cócegas. Durante quase um ano, ele respirara o ar do hospital, vira apenas telhados e muros, inspirara apenas desinfetantes. Deliciados, seus pulmões se enchiam com o cheiro dos gramados verdes e suas solas batiam forte sobre a via, como se ele estivesse novamente marchando em formação. Desde o dia em que se ferira, era sua primeira caminhada; a primeira estrada desde as selvagens marchas de batalha na Rússia. Às vezes, parecia ouvir os canhões em ação. A breve luta contra o mendigo corcunda fizera seu sangue pulsar mais rápido; e suas lembranças de guerra, como que cobertas pela monotonia sem graça da vida no hospital, pouco a pouco vibravam novamente.

Ele estava quase arrependido de ter soltado o maldito imbecil cedo demais! Um minuto extra – e o outro nunca mais abriria sua boca grande. Exausto, teria tombado a cabeça de lado, abraçando uma última vez o ar com os dedos afastados e, em seguida, despencaria com a rapidez de um raio, exatamente como o russo gordo, desgrenhado, de olhos grandes e azuis, que foi o primeiro enviado a São Pedro com os melhores votos de Johann Bogdán. Ele não soltara aquele pescoço antes de a tremedeira parar de vez! Tinha esgoelado-o até o fim do fim. E até que o outro era bem corpulento, de longe não tão asqueroso como aquele corcunda imprestável. Mas, sem dúvida, tinha sido o primeiro inimigo em que ele pusera as mãos, seu primeiríssimo russo! Uma respeitável série tinha vindo depois, mas esgoelado fora apenas aquele. Ele havia golpeado com a coronha, espetado com a baioneta ou até pisoteado com as botas – nesse caso, o imbecil que matara, diante de seus olhos, seu companheiro preferido. Mas ninguém mais tinha sido esgoelado. Por essa razão, o gordo baixinho ficara na sua memória! Ele não sabia mais nada dos outros. Quando pensava em suas ações heroicas, enxergava apenas um bolo de uniformes verde-oliva; ecoavam em seus ouvidos apenas os estalos, as sapateadas, os arquejos e os xingamentos da luta. Quantos ele havia enviado dessa maneira ao além? Deus haverá de tê-los contado. Ele próprio estava ocupado em mantê-los longe de si. Quem quisesse olhar muito ao redor passaria curioso para a eternidade.

Mas sim! Houve, também, um segundo rosto que fixara com exatidão. Um sujeito grande, magro, alto feito uma vara de salto, de dentes amarelos e que coinchava feito um porco. Sim, ele ainda se lembrava como se fosse ontem. Ele o viu em pé, já meio pressionado contra a parede, agitando a arma sobre a cabeça. Mais um instante e a coronha teria descido com tudo! Mas um russo sonolento daqueles estava longe de superar Bogdán. Antes de o outro conseguir atacar, a baioneta já estava instalada entre suas costelas e ele caiu de costas sobre sua arma. A baioneta atravessara-o completamente, entrou na parede e por um triz não se partiu. Mas isso não se repetiria! Só havia ocorrido porque ele estocara com força excessiva, os dentes cerrados e os dedos tensionados no corpo da arma, como se tivesse de cortar ferro. É que ele ainda não sabia que não era tão difícil assim matar um homem; estava preparado para sabe Deus que tipo de oposição e ainda se lembrava direitinho de como ficou de boca aberta, incrédulo pela facilidade com que a baioneta penetrou aquele corpo comprido – era como se tivesse espetando manteiga. Quem nunca passou por isso acha que o homem é todo feito de ossos, toma muito impulso e depois tem de dar um jeito de soltar sua arma antes de um dos diabos estropiados se aproveitar da sua situação de desarmado. Era preciso golpear bem de leve, com uma estocada curta, decidida, daí a coisa parecia entrar por si, como um bom cavalo: era bastante difícil segurá-lo. O mais importante era não perder o inimigo de vista! Não ficar com os olhos fixos na baioneta, no lugar onde se queria espetá-la. Mas manter sempre o inimigo nos olhos, para adivinhar a tempo sua defesa. A partir das expressões faciais, definir o momento certo para desviar. Todos faziam do mesmo jeito: igualzinho ao primeiro, o sujeito comprido com os dentes arreganhados. De repente, seus rostos se tornavam totalmente lisos, como se o ferro frio tivesse resfriado toda a fúria de seu corpo, arregalavam surpresos os olhos e encaravam o inimigo como se quisessem fazer a pergunta, que era pura reprimenda: “O que você está fazendo?". Em seguida, seguravam a baioneta, ainda cortavam as mãos desnecessariamente antes de cair. Quem não soubesse muito bem disso, não parasse a arma no momento certo e a tirasse rápido da ferida assim que enxergasse os olhos arregalados, caía junto ou recebia uma coronhada vinda sabe-se lá de onde, bem antes de conseguir se soltar. Johann Bogdán tinha conversado com frequência a esse respeito com os colegas após os combates duros, na hora das críticas aos mortos que haviam se portado de maneira idiota e que haviam pagado com a vida a falta de habilidade.

Avançando célere, a passos largos, pelos caminhos muito conhecidos colina acima até o castelo, ele estava mergulhado em suas lembranças. As pernas andavam sozinhas, como cavalos voltando para casa. Ele passou pelo portão de ferro aberto, seguiu pelo caminho de pedrinhas, a cabeça sobre o peito, sem imaginar que já tinha chegado.

Os relinchos dos cavalos arrancaram-no de seus pensamentos. Ao avistar a poucos passos de distância as cocheiras e, lá dentro, à luz do entardecer, o brilho claro da crina de seu amado cavalo branco, ele se assustou e ficou parado, profundamente emocionado. Ele queria mudar de direção, ir até a porta das cocheiras; foi quando apareceu uma mulher na extremidade oposta do espaçoso pátio. Ela vinha da fábrica de tijolos; na cabeça, um pano de seda de bolinhas vermelhas, os peitos fartos empinados e um balanço desafiador nos quadris que fazia as saias largas balançarem feito bambolês.

Johann Bogdán ficou petrificado... era como se alguém tivesse perfurado seu peito. Era Marcsa! Nenhuma outra moça andava assim no condado. Ele largou sua bagagem no chão e saiu correndo.

– Marcsa! Marcsa! – ouvia-se claramente por todo o pátio.

A jovem se virou e deixou-o se aproximar, curiosa, com os olhos apertados. Bogdán parou a três passos de distância.

– Marcsa! – ele repetiu sussurrando, o olhar temeroso preso ao rosto dela. Ele a viu empalidecer, se tornar branca como cera; viu seus olhos agitarem-se inquietos para lá e para cá, de sua face esquerda para a direita e ao contrário. E depois seus olhos foram tomados por um pavor, ela cobriu o rosto com as mãos e saiu correndo o mais rápido possível.

Bogdán acompanhou-a com o olhar, profundamente triste. Ele havia imaginado o reencontro assim; assim e não de outra maneira, desde que a mulher do guarda-linhas, sua vizinha de infância, não o reconhecera. Atormentava-o apenas o fato de ela ter saído correndo! Não era preciso. Johann Bogdán não era homem de tratar uma mulher com violência. Se ela não gostasse mais dele por causa do seu novo jeito, que procurasse outro, pois ele acharia outra – essa não era sua preocupação. E isso era o que queria lhe dizer.

Ele correu atrás dela, segurando-a pela mão quando apenas poucos metros a separavam da casa de máquinas.

– Por que você está fugindo? – falou bravo, sem fôlego. – Se não me quiser mais, basta dizer. Acha que vou engoli-la?

Ela o encarou, curiosa... insegura. Ele estava quase sentindo pena dela, de tanto que todo o seu corpo tremia.

– Nossa, como você está! – ele escutou-a dizer e ficou vermelho de raiva.

– Eu pedi para lhe escreverem que fui atingido por uma granada. Você estava achando que eu ficaria mais bonito? Se não me quiser mais, diga logo. Quero clareza! Sim ou não? Não vou obrigá-la a casar. Apenas diga logo: sim ou não.

Marcsa ficou em silêncio. Havia algo no rosto dele, naquele único olho, que tirava seu fôlego, que parecia remexer em suas entranhas com dedos gelados. Ela baixou os olhos e gaguejou:

– Mas você nem tem emprego ainda. Como poderíamos nos casar? Primeiro, você precisa perguntar ao honrado patrão se ele...

Para Johann Bogdán, era como se uma cortina vermelha, tecida de fogo, tivesse se fechado diante de seus olhos. O patrão?... O que tinha o patrão?... Ele se lembrou do corcunda e de súbito percebeu que o corcunda não tinha mentido. Seus dedos pressionaram o pulso dela feito um alicate em brasa e ela gritou de dor.

– O patrão? – berrou Bogdán. – O que o honrado patrão tem que ver entre nós dois? Sim ou não? Quero uma resposta! O patrão não tem de meter a colher nisso.

Marcsa se empertigou. De repente, ela foi tomada por uma estranha segurança. Seu rosto ficou corado novamente, os olhos faiscavam de orgulho. Ela estava à sua frente, altiva, como ele sempre a conhecera, a cabeça para trás, desafiadora.

Bogdán notou a transformação, viu que o olhar dela estava dirigido para algo atrás dele. Por isso, soltou sua mão e virou-se rapidamente. Era o que imaginara: o honrado patrão estava saindo naquele momento da casa de máquinas, seguido pelo velho Tóth, seu guarda-florestal. Em dois tempos, Marcsa chegou lá – foi direto até o patrão, curvou-se e beijou-lhe a mão.

Bogdán viu-os se aproximar, a três, baixou a cabeça como um carneiro pronto para atacar. Uma calma decidida, fria, aos poucos tomou conta dele, como na trincheira, quando o corneteiro chamava para o ataque. Ele sentiu a mão do honrado patrão tocar seu ombro e deu um passo para trás. O que era aquilo? O patrão falava de coragem e pátria, uma porção de coisas desnecessárias, que não tinha nenhuma relação com Marcsa! Ele deixou-o falar, deixou as palavras caírem sobre si, como a chuva, sem se preocupar com seu sentido. Seu olhar vagava inquieto para lá e para cá, do patrão para Marcsa e para o guarda-florestal, até ficar preso, curioso, em algo brilhante.

Tratava-se do punhal niquelado de caça, que o velho guarda-florestal carregava ao seu lado e que refletia, faiscante, o sol.

"Como uma baioneta...", pensou Bogdán. E teve vontade de arrancá-la da bainha e espetar o corpo da sirigaita, de Marcsa, transpassando até o fim. Mas seus quadris redondos, as saias volumosas, coloridas, deixavam-no confuso. Na guerra, ele não teve contato com mulheres. Ele não sabia bem o que aconteceria caso espetasse ali. Seu olhar voltou ao patrão e agora ele percebia que seu silêncio teimoso, petulante, o havia irritado.

"Ele está arreganhando os dentes", pensou, "igualzinho o russo alto!" E ele quase sorriu imaginando o senhor com o rosto liso e os olhos surpresos, questionadores. Ele não estava falando da Marcsa? O que ele tinha que se meter com ela?

Obstinado, Bogdán se empertigou.

– Eu mesmo resolvo meus assuntos com a Marcsa, senhor. Trata-se de algo entre mim e ela – ele falou rouco, fixando o rosto do patrão. Este ainda usava bigode! À direita e à esquerda, perfeitamente simétrico e finamente retorcido para o alto. O que o corcunda havia dito? "Um sai e permite que lhe estourem a cabeça." Na realidade, o corcunda não era tão burro assim.

Foi então que o patrão ficou muito bravo. Bogdán deixou-o gritar, encarando, como que hipnotizado, o punhal dourado. Apenas quando o nome "Marcsa" bateu diversas vezes em seu ouvido, ele voltou a prestar atenção.

– A Marcsa agora está trabalhando comigo – ele escutou o patrão falar. – Você sabe que eu gosto de você, Bogdán; quero que volte a mexer com os cavalos, caso tenha interesse. Mas me deixe a Marcsa em paz. Não vou tolerar confusão! Se ela ainda quiser se casar com você, estou de acordo. Mas, se não, deixe-a em paz! Se eu escutar mais uma vez que você a machucou, então o mando ao diabo, entendeu?

Espumando de raiva, Bogdán desatou a falar.

– Ao diabo? – ele urrou. – O honrado patrão quer me mandar ao diabo? Vá o senhor até lá! Já estive com o diabo! Fiquei por oito meses preso no inferno. Meu rosto é prova, o senhor pode ver, de que saí do inferno. Brincar de protetor aqui, entupir os bolsos de dinheiro e mandar os outros à morte... isso é confortável. Quem fica se escondendo em casa não deveria mandar ao diabo os outros que já foram ao inferno!

Seu ódio era tão desmedido que ele falava como o socialista corcunda, sem se envergonhar. Estava pronto a dar um salto, com os músculos retesados, feito um animal selvagem. Ele viu o patrão vindo em sua direção com o rosto desfigurado, sacudindo uma ferramenta no ar. Viu também o objeto sendo baixado com força, mas o golpe, que acertou suas costas, duro e certeiro, ele não sentiu.

Num só movimento ele apanhou o punhal da bainha e atingiu o senhor entre as vértebras. Não tomou muito impulso para evitar que ele caísse nos seus braços. Ah, não! Bem de leve, de baixo para cima, com um tranco curto, exatamente como aprendera no front. O punhal não era pior do que a sua baioneta; entrou na carne sem mais.

Em seguida, tudo transcorreu como de costume. Johann Bogdán, de queixo prógnato, viu o rosto transfigurado de ódio do honrado patrão ficar liso, totalmente liso e calmo, como se passado a ferro. Ele viu os olhos dele se arregalarem – viu-o olhar espantado, igual ao russo –, com a pergunta cheia de reprimenda no olhar: "O que você está fazendo?". Ele só não conseguiu vê-lo cair, pois um golpe potente acertou-o na cabeça por trás; o barulho era o de uma queda-d'água despencando sobre ele, de uma altura infinita, e despedaçando-o. Por um segundo ele ainda viu o rosto de Marcsa, emoldurado por uma roda em chamas, e depois caiu, com o crânio aberto em dois, sobre seu patrão, que já estava no chão, agonizante.

ANDREAS LATZKO (1876-1943), nascido em Budapeste, serviu como oficial do Exército austro-húngaro na Primeira Guerra Mundial. Em 1914, foi enviado para o front do rio Isonzo (na Itália, próximo à fronteira com a Eslovênia). Em 1915, após um ataque da artilharia italiana perto da cidade de Gorizia, Latzko entrou em choque. Passou oito meses internado, depois deixou a guerra para seguir o tratamento psiquiátrico em Davos, na Suíça. Afastado do combate, redigiu *Homens em guerra*, que publicou anonimamente em 1917 pela editora Rascher-Verlag, em Zurique. O livro, considerado um libelo contra a guerra, foi proibido de circular em todos os países envolvidos no conflito.

Depoimento

Romain Rolland

ENCONTRO COM ANDREAS LATZKO

12 e 13 de setembro de 1918

Andreas Latzko está de passagem em Montreux (Suíça). Como diz estar se sentindo muito mal para conseguir sair, vou vê-lo no Palace Hotel. Encontro-o na cama, onde ele se aquece para aliviar as dores reumáticas despertadas pelo tempo ruim. Latzko tem rosto redondo, com o formato parecido com o de Ernest Bloch, cheio e colorido, olhos negros, cabelos pretos e cacheados que formam uma espécie de coroa monacal em torno da cabeça calva. Ele fala com animação e loquacidade e parece ser um daqueles eternos moribundos que permanecem vívidos, agitadiços, até a extrema velhice. Mas, por enquanto, ele ainda está longe dela: deve ter uns 35 anos. É casado e fala de seu filho de 15 anos de idade. É uma de suas preocupações mais intensas, pois ele criou esse menino segundo seus princípios, no horror à violência (ele nunca levantou a mão contra ele, exceto uma vez, diz); e a guerra pode, um dia ou outro, convocá-lo também.

Latzko viveu as cenas que descreve em *Homens em guerra*. Incidentemente, ele me faz o relato do homem sem rosto que se contorcia sobre a grama, saltando como um verme cortado ao meio. Ele diz que, louco de horror, correra pelo bosque até um posto de oficiais onde irrompeu pedindo que um carro levasse o infeliz o mais rápido possível. Havia ali quatro oficiais que jogavam tarô. Um deles, um capitão, vendo-o transtornado, perguntou tranquilamente: "O que você tem? Por acaso está ferido?. – Não... – Bem, então, meu caro, você deveria se dar por satisfeito. Se fôssemos nos atormentar com os ferimentos dos outros!...".

A expressão à qual Latzko sempre volta é: "As pessoas não têm mais fantasia". (Ele quer dizer: imaginação.) Esse é o grande mal; elas não conseguem representar para si mesmas o sofrimento e o horror da guerra. Mesmo os que estão lá. Os soldados que acabam de ver uma bomba explodir recolhem seus pedaços, analisam seu porte curiosamente e não pensam que ela poderia ter caído sobre eles mesmos. Aqueles que veem um camarada cair machucado não sentem sua ferida; há um abismo entre cada homem e seu vizinho.

"Quando publiquei o meu livro", dizia Latzko, "escreviam-me: 'Não consegui dormir por duas noites por causa dele'. E eu respondia: 'Como assim? Depois de quatro anos deixando a guerra acontecer você esperou o meu livro para ficar perturbado?!'." E Latzko conclui: "É preciso forçar as pessoas a ver e a sentir; é preciso enfiar em suas cabeças a imaginação que lhes falta". Ele quer se convencer de que assim se conseguirá evitar outras guerras. Ele precisa, parece-me, de ilusões para viver. Ele diz que entre março e abril passados, durante a última ofensiva vitoriosa dos alemães em Paris, ele estava desesperado; disse que, se Hindenburg[1] tivesse vencido, se a França tivesse aceitado a paz, ele teria se suicidado; pois seria impossível para ele viver em uma Europa privada de liberdade. Ele detesta os *junkers* prussianos e coloca no mesmo nível a *gentry* húngara (ele é húngaro por parte de pai e austríaco por parte de mãe). Ele diz que estes são os últimos sobreviventes das castas feudais, para quem a vida dos povos não conta. Ele dá um pequeno exemplo: seu irmão, um cirurgião conhecido, tinha sido chamado ao castelo de um senhor húngaro; o carro que o levava atropelou e machucou um camponês; o cirurgião quis parar o carro; seu nobre companheiro se recusou, dizendo que dessa espécie sobraria sempre bastante.

Latzko entrou na Suíça, ferido, e seu passaporte mencionava: "Moribundo". Desde então, é impossível para ele voltar para casa. Seus livros estão proibidos também na Alemanha, Áustria, França, Inglaterra, América. Neste último, *Homens em guerra* pôde ser colocado à venda durante dois meses, depois foi proibido. Maximilian Harden[2], que escreveu um dia desses para Latzko para lhe anunciar a terceira suspensão do [jornal] *Zukunft*, disse que, apesar de tudo, sua voz consegue se fazer ouvir [na Alemanha]; os exemplares de seu livro, que entram no país por baixo dos panos, são vendidos a 30 marcos.

> [...] (Latzko queixa-se do espírito estreito, limitado e fanático dos suíços que se obstinam em celebrar a guerra, recusando-se a vê-la como ela é. A um deles, que não queria

1 Paul Hindenburg (1847-1934), chefe do estado-maior alemão entre agosto de 1916 e julho de 1919.

2 Maximilian Harden (1861-1927), jornalista alemão, fundador e editor do semanário *Die Zukunft* (1892-1923).

acreditar que ninguém morria gritando "Viva a pátria!", ele respondia que tinha visto cerca de oitocentos homens morrerem e nenhum deles tinha tentado dizer "Viva a Hungria!". Os suíços, diz Latzko, oferecem um exemplo singular de um povo inferior à situação política e social de que gozava.)

—

Latzko vem me visitar no Hotel Byron. Eu quase não o reconheço. Fora da cama, já cansado pela pequena caminhada do desembarcadouro de Villeneuve até o hotel, ele parece um judeuzinho frágil, extremamente magro, um pouco estranho, com seu grande rosto esverdeado e um longo nariz rabinesco – "uma lágrima", como dizia prazerosamente (e sem que ele soubesse) o tenor Gürtler –, uma lágrima de chuva que pende do ramo de uma árvore e que o vento sacode. As dores reumáticas da véspera já não eram problema. Pergunto a Latzko se ele foi ferido. Não. Ele teve um violento ataque de nervos. Ele viu dois bois e três pessoas serem despedaçados por uma bomba. Na hora, não teve nada. Mas dois dias depois, quando estava à mesa e lhe serviram um pedaço de carne sangrando, ele começou a gritar, vomitou, foi tomado por convulsões. Durante seis meses, todo o seu corpo tremia e ele recusava qualquer comida: foi preciso alimentá-lo pelo intestino. Ele era primeiro-tenente. Em dezembro passado, foi degradado. Mas pouparam-lhe de ser comunicado oficialmente. (Escrevem-lhe sempre: "Ao sr. primeiro-tenente".) Tentam atraí-lo ao solo austríaco para prendê-lo. Ele não pode mais ter passaporte, mas isso não impede que o cônsul da Áustria, quando o encontra em uma sala pública em Zurique, venha até ele com a mão estendida. A duplicidade governamental na Áustria é terrível e comprometedora para os independentes. Latzko não tem o que elogiar em relação à Suíça. Mal chegou a Montreux, anteontem, quarta-feira, se viu obrigado pela polícia a fornecer seus documentos. Apesar de comprovar seu domicílio em Zurique, ele deverá sair de Montreux no domingo ou na segunda-feira, no mais tardar. Ele diz já ter tido problemas o suficiente e que o general Wille teria falado em prendê-lo como antimilitarista quando for lançado seu próximo livro – cujos trechos foram publicados pelo [jornal suíço] *Neue Zürcher*. Felizmente, em Zurique, ele está sob proteção do diretor da polícia Wettstein e do professor Ragaz. Talvez tenha havido alguma imprudência de sua parte ao fazer conferências que o colocavam, sem que ele tenha procurado, em contato com a juventude suíça. Ele também se queixa da "mesquinharia" do espírito da Suíça alemã, do amor sem moderação que tem pelo dinheiro, que é, mesmo entre os ricos, uma espécie de mania. Apesar de ele ser um dos autores que melhor sabem se defender dos editores, ele os considera insuportáveis. Sobre o seu, Rascher, diz: "Ele me causa o mesmo efeito que um camponês que se sente muito bem em colher, mas não gosta de semear".

Trecho extraído do diário mantido por Romain Rolland durante a Primeira Guerra. (*Journal des années de guerre 1914-1919*. Paris: Albin Michel, 1952.)

ROMAIN ROLLAND (1866-1944), escritor francês, autor de dezenas de peças de teatro, críticas de música e romances, recebeu o Prêmio Nobel de Literatura de 1915. Pacifista, durante a Primeira Guerra escreveu vários artigos defendendo a reconciliação entre os países europeus.

Primeira edição

Esta edição

Coleção Acervo, 2019
1ª reimpressão, 2022

Título original
Menschen im Krieg
[Zurique, 1917]

Revisão
Ricardo Jensen de Oliveira
Juliana de A. Rodrigues
Tomoe Moroizumi

Projeto gráfico
Bloco Gráfico

CIP-BRASIL. CATALOGAÇÃO NA PUBLICAÇÃO / SINDICATO NACIONAL DOS EDITORES DE LIVROS, RJ /
L387h / Latzko, Andreas, 1876-1943 / *Homens em guerra* / Andreas Latzko; tradução Claudia Abeling; apresentação Stefan Zweig; depoimento Romain Rolland. [2. ed.] – São Paulo: Carambaia, 2022. 152 p.; 20 cm. [Acervo Carambaia, 13] /
Tradução: *Menschen im Krieg*
ISBN 978-85-69002-69-7
1. Ficção húngara. 2. Contos húngaros. 3. Literatura húngara. I. Abeling, Claudia. II. Zweig, Stefan. III. Rolland, Romain. IV. Título. V. Série.
22-80308 / CDD 894.511 / CDU 821.511.141

Gabriela Faray Ferreira Lopes
Bibliotecária – CRB-7/6643

Diretor-executivo Fabiano Curi

Editorial
Diretora editorial Graziella Beting
Editora Livia Deorsola
Editora de arte Laura Lotufo
Editor-assistente Kaio Cassio
Assistente editorial/direitos autorais Pérola Paloma
Produtora gráfica Lilia Góes

Relações institucionais e imprensa Clara Dias
Comunicação Ronaldo Vitor
Comercial Fábio Igaki
Administrativo Lilian Périgo
Expedição Nelson Figueiredo
Atendimento ao cliente Meire David
Divulgação/livrarias e escolas Rosália Meirelles

Fontes
Untitled Sans, Serif

Papel
Pólen Bold 70 g/m²

Impressão
Geográfica

Editora Carambaia
Av. São Luís, 86, cj. 182
01046-000 São Paulo SP
contato@carambaia.com.br
www.carambaia.com.br

ISBN
978-85-69002-69-7